Orange
橘子洲

늘 당당한 당신,
온전히 빛나는 내일을 응원할게나.

김 려 영
金 呂 玲

少年可得

〔韩〕金吕玲 著

李孟莘 译

江苏凤凰文艺出版社

JIANGSU PHOENIX LITERATURE AND
ART PUBLISHING

图书在版编目（CIP）数据

少年万得 /（韩）金吕玲著；李孟荸译 . -- 南京：
江苏凤凰文艺出版社，2023.9
ISBN 978-7-5594-7688-3

Ⅰ . ①少… Ⅱ . ①金… ②李… Ⅲ . ①长篇小说 - 韩
国 - 现代 Ⅳ . ① I312.645

中国国家版本馆 CIP 数据核字 (2023) 第 075253 号

江苏省版权局著作权合同登记号：10-2023-130 号
완득이

少年万得

（韩）金吕玲 著　李孟荸 译

出　品	橘子洲文化	
责任编辑	白　涵	
策划编辑	王　婷	
营销编辑	杨　迎　史志云　一　川	
版式设计	段文婷	
出版发行	江苏凤凰文艺出版社	
	南京市中央路 165 号，邮编：210009	
网　址	http://www.jswenyi.com	
印　刷	三河市国新印装有限公司	
开　本	787mm × 1092mm 1/32	
印　张	7.5	
字　数	125 千字	
版　次	2023 年 9 月第 1 版	
印　次	2023 年 9 月第 1 次印刷	
书　号	ISBN 978-7-5594-7688-3	
定　价	49.00 元	

CONTENTS 目录

第 2 卷

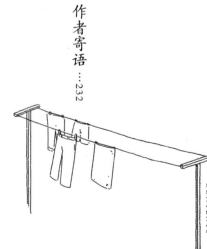

第 1 卷

拜托您帮我对付屎洙吧。

要是您这周没有帮我对付屎洙的话，

我还会再来的。

Chapter 1

第99号惩罚缓期执行

"屎洙①那家伙给了您多少捐款啊？等我以后赚了，也会像他一样孝敬您的。所以拜托您帮我干掉屎洙吧。让他被雷劈死，或者被汽车撞死也可以。像他这样每周不停地折磨我们的人，难道只要每周日来这里做祷告，就能洗脱他的罪过了吗？这合理吗？如果这就是教会的规矩的话，那我劝您现在就换掉它吧，这简直就是大错特错。要是您这周没有帮我干掉屎洙的话，我还会再来的。以圣洁又万

---

① 译者注：班主任名字叫东洙，韩语里"东"和"屎"读音相似。男主给讨厌的班主任起的外号。

能的上帝的名义，阿门。"

"您来了，姐妹①。"

浓重的口音、卷曲的头发、黝黑的皮肤再加上凹陷的双眼皮，一看就是东南亚人的长相。不过我倒是从来没有问过他的来历。我来这个教堂三次，三次都正好碰见这个男人。我大致打量了他一下就从教堂里出来了，真是个无知的家伙，男人之间怎么能叫姐妹呢。要不是屎洙他总来这个教堂，我才不会来这里呢。

"哎呀，看看你们这帮家伙学习的样子。不是和你说了，让你们不要再学了。反正这个世界都是被那些'特别的人'牵着鼻子走的，除了他们之外，我们这些人的存在不过是为了填补人口数量罢了。你们现在已经将这个'使命'完成了。"

流氓老师——屎洙班主任。他自己当流氓也就算了，还想把学生们都教成流氓。每天翻来覆去就是说这些，还自称是流氓老师。

"你们都看看万得。这身体素质、暴躁的性格还有

———————————
① 韩国教徒之间的相互称呼。

他生活的环境，简直妥妥就是当流氓的材料啊。虽然不知道他拿刀砍人的技术怎么样，但他这个条件就像是老天赏了他'当流氓'这碗饭吃。你要是以后成功了的话可别忘了我。"

大家听了屎洙的这番玩笑话却谁都没有笑，因为在这里如果谁笑得时机不对，也会受到屎洙的惩罚。不过屎洙他貌似对当流氓了解得也并不多，流氓也不会跟老师这样的人计较。所以，他真应该庆幸我不是真的流氓。

周围认识我的人总说我爱打架闹事，但我必须明确说明一点：我并不是一个爱打架的人。我只是很讨厌别人认出我来，所以通常我都会避开那些"是非之地"。不过，要是有人敢用我爸爸是侏儒这样的话来挑衅我，我肯定要给他来一顿结结实实的暴打。这倒不是因为我有多爱自己的爸爸，只是他们不论是在取笑我身为侏儒的爸爸，还是以此为借口来羞辱我，都让我感到十分丢脸。

"这是什么鬼学校啊，不管什么人都凑在一起上晚自习？只让那些学习好的孩子来不就行了。啊，好累呀。你们爱干什么就干什么吧，想睡觉就睡觉，也不用拖到最后，时间差不多就走吧。"屎洙挠着头走出了教室。

我也跟在屎洙后面离开了教室。

"喂，喂，陶万得！你想要逃晚自习可以，但再怎么样也得先等我从走廊消失才行吧。"

"……"

"既然已经出来了，就跟我走吧。昨天其他班好像有个家伙因为觉得丢脸没有拿'救济品'回去，你把它拿走吧。"

"……"

"怎么了？你也觉得丢脸吗？小子，穷不丢人，饿死才丢人呢。"

唉！我有你这样的班主任才是真的丢脸呢。

"别跟我磨叽，快拿走。留一点杂粮饭给我。"

屎洙在前面走着，他这副游手好闲的样子简直和社区里的混混一模一样。救济品，他就不能为了我的面子稍微小声一点吗？当然，我也不奢望他能够把这些东西偷偷地放在我家门口。但这算是怎么回事啊？明明就是他自己想吃，还让领救济品的学生帮他"送外卖"，天底下怎么会有这种卑鄙无耻之人……

由于我逃晚自习课还被屎洙抓了个现行，这下不仅要上晚自习，还要帮他拿其他班的救济品。这些速食米饭又是屎洙点名要的，我还不能把它们扔在路上。我都祈祷了多少次了……上帝他到底在做什么啊，唉。

光线透过玄关的玻璃窗照进了屋内，看样子是爸爸回来了。现在是星期三晚上11点30分，平时这个时间他应该还在工作才对。

"爸爸您回来了。"

"小、小、小说家，万、万得……"

说话速度较慢的民九叔叔抢在语速更快的父亲前面回应了我。

"叔叔也来了，不过我不是小说家。"

虽然一般情况下，韩语要听到最后才能明白对方想要表达的意思，但我已经练就了只要听到民九叔叔说开头，就能猜到他后面想要说什么的技能。

民九叔叔在卡巴莱酒馆①工作，主要就是陪来这里喝酒的女客人们跳舞，但他绝对不是那种从事特殊服务的人，而是老板专门雇来负责大厅舞台表演的舞者。老板也是为了让已经苟延残喘的小酒馆再多支撑一阵子，才不得不雇用了民九叔叔。民九叔叔跳的吉特巴舞，无论什么时候看

① 一种带有小舞台或者舞池的酒馆。

都让人觉得轻松愉悦。这种舞蹈比较特别，一旦舞者的表情管理不到位，或是舞步稍微拖沓就会显得十分油腻。但民九叔叔跳的时候，无论是舞伴还是观众，都会被他的舞步带动，让所有人都感到非常放松。

"跳得不错啊，等会儿再跳一遍吧。"

"好，好，好的。"

如果没有这种需要回复的对话，叔叔他从来不开口的。

屋塔房①的小屋子里又多出了几件行李，看起来像是要搬家一样，柜子旁边堆着蓝色的塑料箱子，箱子上面插着一根晾衣架，这是父亲用来保管演出服装的。一共三个箱子，看样子叔叔的衣箱也在这里了。

"不是说好好练习写作就能够考上大学嘛。你……不，先吃晚饭吧。"

爸爸拍着箱子说道，那情景就像是在和服装箱说话一样。

其实，爸爸应该是想对我说："你不要活得像我一样。"所以他最后想补充一句"努力写小说，成为一名小

---

① 译者注：韩国自建小楼天台上盖的简陋阁楼，价格便宜。

说家"吧。虽然最近什么阿猫阿狗的都在写小说，但很遗憾我不是什么阿猫阿狗，更何况我也不愿意为了写小说就轻易改变自己的"物种"。

爸爸对我写作能力上的误解是从我6岁时开始的。在韩国有一首所有学龄前儿童都会唱的歌曲，名字叫《我的幼儿园》。这是一首流淌在大家血脉中的歌曲，不论在儿童娱乐室、托儿所还是幼儿园，都会教小孩子唱这首歌。我也不太清楚为什么这首歌能够和一首叫作《不能哭》的圣诞颂歌混在一起唱。

"花草相聚在花园中，我们相聚在幼儿园里。睡着或是起床后烦躁时，又或是开玩笑的时候，圣诞老人他什么都知道……"

我也不太清楚，在那短短的6年时光里，圣诞老人究竟对我产生了怎样的影响，以至于他总是穿插在我的歌词中。幼儿园的老师也指责我说，都是因为我导致其他小朋友也开始乱唱了。但在之后的家长面谈中，她又跟我爸爸夸我唱得既可爱又独特，所以爸爸还送了我一套化妆品作为奖励。

爸爸的这种误会在我上高中时达到了顶点。这都得益于我们那强调"开放教育、感性教育"的校长,他所举办的"迎春读后感大赛"再一次"证明"了我的实力。我并不喜欢写作,也不喜欢这种肉麻兮兮的比赛。但我还能怎么办呢,不写点什么交到讲台上的话,就没法走出这个教室,所以我大致凑够了稿件字数就草草地提交结束了比赛。

"老金头[①]用人力车载着福女[②],并和她发生了苟且之事,老金头的老婆也是因为这件事情被活活气死了,我说的就是这个意思[③]。还有老金头他拿着镰刀做了什么?这些内容是不是也是融合进来的?你看过《良辰吉日》和《土豆》吗?你去看看考题吧,看看是不是和我一样,看过那小段例文以后误以为这两个是同一部小说?"

"……"

"我想着这就是个形式上的比赛,应该不会探讨这些吧?"

班主任屎洙拍了拍我的头。对啊,我还以为不会有人看内容呢。但是至少我在写读后感的时候确实是这样认为

---

① 老金头:韩国小说《良辰吉日》中的角色。

② 福女:韩国小说《土豆》中的角色。

③ 译者注:此处指男主角将两本书的内容混淆融合在一起。

的，我以为作者是在隐喻一个援助交际①猖獗的世界。主持比赛的屎洙嘲笑我说，我写了一篇考验自己文学基础的文章。再加上刚入学时我就和他发生过争吵，他便对我下达了第99号体罚措施、缓期12个月执行的奇怪"判决"。因为不是马上挨揍，我也只好尴尬地笑着走出了教务室。

第99号体罚还没有执行，我也能够安然度过我的"缓刑期"，不过这种情况不只是发生在我一个人身上。据我所知，我们班的40个人中有大多数都被"宣判"了缓期执行，比如：绕操场跑40圈，缓期4个月执行；抛光教室的木地板，缓期1个月执行；为全班同学分发饮料，缓期1周执行，等等，各种缓期执行。

而我们搬到这个屋塔房的那一天，简直就像是老天给我开的一个天大的玩笑，屎洙他居然就住在我们隔壁楼的屋塔房里，爸爸也在那天和屎洙见了面。

爸爸他还隔着行李向屎洙对于我之后就业的问题进行了咨询，然而对于放学后回归"普通人"身份的屎洙来说，在这个时候进行就业咨询简直是违背他的生活信条，所以他也只是敷衍了事地回答了几句。

---

① 译者注：此处指青少年出卖色相的交易。

"我看了万得写的读后感，他的写作角度真是新奇又巧妙，我想不如给他报文学创作系怎么样？"

于是，爸爸赶忙提醒屎洙，说我从小就有写作的天赋，屎洙一听也顺势拍着手向父亲敲起边鼓来，两个人迅速达成一致，第二天他就让我拿着他18K的镀金领带夹去找屎洙。但即便如此，我仍旧对小说提不起兴趣，对小说感兴趣的只有我那被屎洙的谎话蒙蔽的爸爸。

爸爸将带回来的行李大致整理好之后，便靠着服装箱子坐了下来。

"酒馆的老板郑社长说因为税款的问题，没办法再将店给坚持下去了，所以那里以后会换成歌舞厅。"

爸爸不经意中流露出惋惜和遗憾。

"嗯，那就在歌舞厅……"

"换了招牌以后，整个场地的氛围也会有所改变，所以好像也就不需要像我们这样的'托儿'了。"

我小学4年级的时候，身高就已经超过了爸爸，他就是这样一个身材矮小的成年人，但他绝对不是什么"小孩子"。可是，大家却不愿意承认这一点，总是"喂、你、哎"这样像叫小孩子一样地叫他。以前他只会耸耸肩，虽然有些不高兴，但还是会赔着笑脸迎上去，现在他好像也不喜欢这样了。而我是真的很讨厌那些人的讥笑声。

"那你应该要去其他地方吧。"

"其他地方也差不多，我可能还是得找找别的事情做了。"

爸爸硕大的背包里装着一件短小的晚礼服。

"民九那家伙，富川那边有地方让他过去他也不去……"

"没错。"

善良的民九叔叔也只是笑眯眯的。

面对真挚舞蹈的爸爸，客人们却总是狂笑不已，而看到他跳舞的样子不会发笑的却只有我和叔叔两个人。那些女性顾客和爸爸一起跳舞的时候，总是会把钱插在他的礼帽上，之后还会拍一拍他的屁股。只要个子看起来比较矮小，就会让人觉得像个孩子。但叔叔他从不会把爸爸当孩子看待，所以爸爸也教授了他吉特巴舞、恰恰舞、牛仔舞等各种舞蹈。叔叔学得非常认真，甚至跳得比爸爸还要好，更像是一名熟练的舞者。

"身体还不错，就是说话不太行，哈哈哈。"

客人们说民九叔叔不说话的时候看起来很傲慢，但只要一张嘴就会引人发笑。有一些招人烦的客人还会故意和他搭话，甚至当面嘲笑他。你问我是怎么知道的？虽说未成年人是禁止出入酒馆的，但儿子去爸爸工作的地方却不受禁止。现在爸爸和叔叔都不再去酒馆了，那些以嘲笑他们为乐的客人们也该无聊起来了吧。

"拿着东西去地铁那边看看吧。"

我拿着爸爸放在门边的袋子站了起来。

"所有人都能在那边卖东西吗？"

"只要走得够快的话应该问题不大，主要是营造出好的第一印象。"

我把袋子放在了衣柜上。

原本只在嘈杂、黑暗的地方工作的人，现在要转去安静、明亮的地方工作。过去白天从不出房间的两个人现在反倒要在白天出去"抛头露面"。我也不知道工作环境突然发生这么大的改变，他们能不能够适应。

就在这时。

"万得啊！万得你这家伙！"

是住在隔壁屋塔房的屎洙，每到大半夜他就会这样拼命地叫我。

"谁啊？"爸爸问道。

"不就是我班主任嘛。"

我赶紧向楼顶走去。

"你这孩子怎么现在才出来，扔一个速食米饭给我！"

抢着吃为低保户学生提供的速食米饭的班主任，恐怕除了屎洙也没有别人了。

我又回到房间把速食米饭拿了出来，然后瞄准屎洙的头丢了过去，企图用这种方式来"消灭"他，只可惜打偏了……

"怎么是白米饭？前天不是拿了黑米饭回来吗！"

"昨天吃完了！"

"省着点吃，你小子。"

啊，真是倒霉……是谁要求我当"救济对象"的啊？

我上中学时也没有受到过这种优待，反倒是上了高中，班主任屎洙以"经济状况困难"为由，将我变成了"救济对象"。这样对我来说其实没有什么坏处，学费减免，还提供免费的伙食，也减轻了父亲的负担，说实话这样真的很好。只不过屎洙那副"臭显摆"的样子，实在是让人看不惯。更何况他还会毫不客气地吃光我的救济品。

"老师，您好！"

爸爸来到了屋顶。

"哎哟，万得的爸爸，您在家呢！"

"我辞职不干了，所以在家呢！"

"那咱们以后应该会经常见面了！"

"嗯，我看也是！"

他们两个人从一栋楼房的屋顶向另一栋楼房的屋顶高声叫喊着。

"是什么浑蛋家伙大半夜不睡觉，在这里找什么万得还是满得！你们这些浑蛋家伙难道连个电话都没有吗？！"

前面房子的大叔将头伸出窗外喊道，他的房子和我们就隔着一条狭窄的巷子。这一句脏话彻底划破了黑夜。

"万得家不是没有电话嘛？你这个浑蛋！"

屎洙大吼一声便快速回到了屋里。

我们家里有电话的。上帝啊，请您一定要在这周干掉屎洙。

Chapter 2

猴子魔法

"这些都是什么啊？"

"做、做按摩用的。"

"你卖了很多吗？"

"有、有人追我，啊哦……"

"谁追你？"

"有些人，就是收保护费的那些家伙，不就因为我们没有白给他们东西吗？"

"嗯……"

据说，差不多有一半以上的东西都被丢在街上了，但比起那些丢了的东西，叔叔的情况才更加严重。他的眼角撕裂了，腿上也有淤青，看来叔叔是替爸爸挨了不少打。即便如此，可他还是笑嘻嘻的，尽管他们并不是亲兄弟……

"捡、捡、捡回来。"

"我就是准备扔掉的。"

"哦。"

在叔叔的理解中，掉在地上的东西就要捡回来，像这样任由东西丢在街上的情况，会让叔叔陷入苦恼。爸爸用这样轻描淡写的语气来说，也是为了让他能够轻松一些。

"这个给你吧。"

爸爸将自己最喜欢的一顶礼帽送给了叔叔。

礼帽上挂着流苏，丝带上还装饰着羽毛，爸爸时常戴着它在大厅外招呼客人。这顶礼帽只是作为一种华丽的装饰，在舞台或者特定的场合才会戴的，虽然已经很旧了，可随着时间的推移，它看起来却更加帅气且有气势。

叔叔播放起CD来，这是一首迪斯科歌曲《猴子上树》。叔叔按下了循环播放的按钮，"猴子的魔法"顿时填满了整个房间。叔叔压低礼帽跳起了迪斯科，看起来一副心花怒放的样子。看着叔叔跳着自己从来不曾跳过的迪斯科，我心里在想，他那撕裂的左眼应该很疼吧。

"文章写得怎么样了？"

"……"

"你还是考大学吧。"

"……"

"并不是说让你去多好的大学，只是想让你试着做一做大家都在努力做的事情。有些事情一旦错过了时机，你再想做、再想努力也完全不可能了。我坐2号线的时候，看到那些大学生们……怎么说呢？看起来可真好啊。"

猴子、猴子、猴子，猴子的魔法。

猴子、猴子、猴子，猴子的魔法。

三十多岁的叔叔跳起迪斯科来也挺不错的啊。

我将作业本摊在餐桌上，这样做也不是因为想上大学，只是觉得爸爸现在似乎想要看到我努力奋斗的样子。爸爸把音乐稍微调小了一些，然后轻轻地按了按我的肩膀，我从这其中感受到了鼓舞的意味。他坐在我旁边，用橡皮筋将"幸免于难"的按摩刀三个一捆地绑好。

"我捆按摩刀，你写字吧！也不是让你专门写什么……什么时候写，写什么都行！就像你叔叔，要是不想用这么生硬的表情跳迪斯科的话，我们现在也看不到他这场表演啊！"

"不，这就是某种艺术氛围啊，噢耶，猴子魔术！"

突然，屎洙猛地推开我家的房门，四处打量起来。

"跳舞、写作、工作，气氛很不错啊。"

"老师您来了。"

爸爸赶忙将屎洙请了进来。

一直在跳迪斯科的叔叔忽然闪到了墙边，警惕地看着这位陌生的来客。

"我想着你爸爸应该回来了，所以就自作主张过来看看。"

屎洙把烧酒和鱿鱼放在了地板上。

"你以后都不去卡巴莱酒馆工作了吗？万得，你去把酒杯拿来。"

我向厨房走去，一打开厨房的门就看到了杯子。

"酒吧关门了。"

我将三个烧酒杯放在地板上。

"那你现在有什么打算？"

"我打算在地铁上卖点东西。"

"这可不容易呢。"

"嗯，是这样的，你也应该过来打个招呼，这位是万得的老师。"

叔叔摘下礼帽,挨着爸爸坐了下来。

"您、您、您好。我、我叫,南、南、南民九。"

叔叔郑重其事地伸出手来和屎洙握手,头压得非常非常低。

"南民九?哎哟,这名字听起来真不错啊。"

"南民九。"

我撕着鱿鱼说道。

"啊,南民九先生,您和万得是什么关系……"屎洙看着叔叔问道。

"他是我叔叔。"

我替他回答道。虽然他并不是我的亲叔叔,但我实在是懒得和屎洙具体解释。

"咦——呀,你们这个家谱还真是实诚啊。"屎洙一边给叔叔倒酒一边说道。

爸爸在旁边干咳了一声。

"我开玩笑的。"

爸爸也给屎洙倒了酒。

"因为老师您住在旁边,我们才能安心地在这个地方生活。"

"那我真是太辛苦了，他是跟我有什么仇要搬到我隔壁来。"我小声嘀咕道。

"我们之前是住在下面的，但生活状况实在是越来越差，所以就搬到上边来了。"

父亲将杯子里的酒干掉了，叔叔又替他把酒斟满。

"不过，我看您好像是一个人生活啊？"

"我眼光很高的，不愿意和女人一起生活，哼。"

哎呀，行吧。依我看，您不是眼光高，是女生们都不愿意搭理你，你才会拖到这个年纪还是光棍一个吧。我看你还是不要随便结婚的好，搞不好新娘会在婚礼当天直接出家呢。

"是啊……是的……话说回来，不知道万得的写作能力有没有长进？"

"当然是变好了，在西洋史东洋史，男性和女性之间'反复横跳'。"

他应该是在说我上次考试的试卷，可我真的以为圣女贞德是一个策马奔腾的东方男人。

听到这话的父亲脸上却写满了欣慰。

屎洙带来的两瓶烧酒很快就喝完了，他们三个人看起来都很开心。

"音乐声太小了。"

屎洙将音乐的声音调到了最大，所有家当中最时髦的迷你音响组件，在此刻展现了它的超高性能。

猴子、猴子、猴子，猴子魔法！

猴子、猴子、猴子，猴子魔法！

"是哪个混账家伙大半夜在这里喊猴子啊！我真想拿猴子狠狠地揍你一顿！"

又是前面那栋楼的大叔。

屎洙站在门前探出头去喊了起来。

"万得的爸爸，因为猴子不在了，都没法出去工作了，你这个浑蛋！"

如果屎洙说的是"猴子快板"的话，那我家倒是有一个，而且是与父亲他们贩卖的那个按摩刀毫不相关的东西。

屎洙和父亲打过招呼之后便悄悄地离开了。

"是哪个家伙上传到网上的？"屎洙在班上发起火来。

有人在学校的网站上留言说，屎洙经常在上课的时候说闲话，也不怎么管大家上晚自习。

"你们不都在外面上那些厉害的补习班吗？幼儿园学小学的课程，小学时学初中的，初中时就学完了高中的全部课程。那还要我教你们什么啊，大学课程吗？"

"我没上过补习班。"

白痴赫洙开起了不合时宜的玩笑。

"我知道，你这家伙。你的成绩不就已经说明了一切吗？是你写的留言吗？为什么这样做？你是真的想上大学吗？"

"能去的话当然好了。"

"你站起来唱一下国歌的第三节吧！"

赫洙挪动了下椅子站起身来。

"我不太会唱第三节。"

"那就去上大学吧，去那种推荐一个朋友入学就给发奖学金的大学，那里肯定会欢迎你去的。"

学生们拍着桌子大笑起来。

"这次分班考试的第一名是谁来着？啊，郑允荷。"

她是个长得漂亮学习又好的孩子。

"郑允荷，你来从第一节唱到第四节吧。"

郑允荷一动没动，看样子她也是个自尊心很强的人。

"你是不知道歌词，还是不会唱歌？"

"……"

"你可一定要上首尔大学，这种家伙脑子虽然很聪明，就是没什么教养。"

我从后面看，郑允荷的头直挺挺地抬起，很明显她在瞪着屎洙。

"从今天开始，敢不上晚自习或是在晚自习睡觉的都'死定了'。开始上课，虽然国际上对联合国的需求在不断增加，但联合国自身的援助能力却总是不足。因此，潘基文秘书长对多边主义和外交在应对这些问题上的作用做出了新的评价。与过去不同的是，联合国今天所讨论的软实力问题不是……"

屎洙……这一番久违的操作，真不愧是流氓老师。

但我真的是好困啊。

"三十、三十一、三十二、三十三……"

我逃晚自习的时候，在一楼被屎洙逮了个正着，由于我还处于体罚的缓期执行期间，所以这一次我是怎么也逃不掉了，但值得庆幸的是，屎洙以3个月分期执行的方式对我实施了第99号体罚措施。我就实话说了吧，我根本就不想上大学。哪怕是晚自习，也只不过是坐在那个不舒服的椅子上睡觉而已，我为什么要坐在那种椅子上面锻炼自己睡觉啊，真是令人郁闷。

"我不是说了不要逃晚自习吗？你这小子，你这么吊儿郎当是要害老师丢饭碗啊，你负得了责任吗？难道你想让我和你爸爸一起去地铁里卖按摩刀吗？"

不知道从什么地方，传来了"扑哧！"的笑声。

"哪个浑蛋在笑？在地铁上卖东西怎么了！他们靠自己的努力堂堂正正地生活有什么可笑的？他们比那些身强体壮却窝在家里什么都不干的人强了一百倍，你们这些浑蛋！"

屎洙说得没错，这些都是事实，但他说的那些话却让我很反感。他一边不管不顾地揭露别人的秘密，一边又说着"我说的有错吗？我说的都是事实啊"。这种做法和其他人又有什么区别？都是以伤害别人的自尊心为代价来显示自己的真性情。有些话明明不需要说，他却非要说出去让我变成大家的笑柄。是我犯的错惩罚我就好了，为什么非要带上我父亲？真是个卑鄙的家伙。

哎，屁股好疼。

"今天应该会有人去学校官网留言说我打学生吧？不对，说不定警察会先来找我呢。毕竟你们这些学生最热衷于举报了。"

屎洙抽打过我的屁股之后，扔下粉笔和棍子就向外走。

"哦，陶万得。你爸爸最近不跳舞了，跑去地铁里卖按摩刀去了？怪不得你最近皮肤都变得滑嫩了呢。"

通常遇到这种情况，我的身体都会比脑子先一步做出反应。

我飞起一脚，踹得赫洙向储物柜的方向滚了过去。所以说人还是要管住自己的嘴。我从生下来起就和叔叔们学习打架，和社区里那些招摇过市的软脚虾们可不一样。

咚咚。

赫洙的拳头在空中不停地挥舞着，我抓住了他的拳头并顺势扭断了他一根手指。今天就以一根手指来结束吧，要是再闹下去的话，我怕会连他的手腕一起扭断。之后，我走出教室，任由赫洙在身后鬼哭狼嚎。

我在地铁站给叔叔打了个电话。

"你在哪儿？"

"三、三、三号线。"

"三号线哪里？"

"在旧、旧、旧把拨站，就在刚刚对、对、对话的时候……"

"是一直跟着地铁来来回回吗？"

"嗯。"

"知道了。"

我先向旧把拨站的方向走去。

"百分之百退款保证，即使挂在锋利的钉子上也不会破洞的高弹力、高弹力丝袜，特价五双一千韩币①，送妈妈、送姐姐、送妹妹的贴心好礼，高级丝袜。"

爸爸他们今天卖的是高级丝袜。但人们对高级丝袜并不感兴趣，反而对身高和自己坐下时差不多高的爸爸很感兴趣。不过也没有人明目张胆地盯着他看，大多数都是假装若无其事地瞥一眼。

爸爸在卡巴莱酒馆做托儿的实力，让他在地铁里也大放异彩，他平时几乎不怎么会笑，但当托儿的时候却会笑得很开心。小时候我真的很喜欢那个笑容，那时候的我还以为他是因为真的开心才那样笑的。叔叔拎着扎好的，五双一组的丝袜在人群中走来走去，爸爸突然将手中的丝袜

---

① 约合人民币不到6元。

装进箱子里，叔叔也跟着把丝袜往箱子里面装。

地铁停下后爸爸率先走下了车，站在我身旁的两个像警卫员一样的男人也跟着走了下去。

"快跑！"

叔叔拿着装丝袜的盒子跑得飞快，爸爸也比平时跑得更快，但还是没能跑掉，最后他被一起下车的两个男人给抓住了。

"你这个小矮子是听不懂人话吗？不是告诉过你不要在这里卖东西吗！"

爸爸就在我和叔叔中间的位置被那两个男人踢打，走在前方的叔叔和后方的我一齐向中间跑去，然后我们一人负责一个男人，跟着扭打了起来。叔叔是因为爸爸被打而打架，我则是因为生气才打架的。一是因为屎洙而生气；二是因为爸爸被打而愤怒。我们明明什么都没有做，而这个疯狂的世界不知道为什么总是要来找我们的麻烦。

"爸爸你先走！"

我抱着那个胖男人的腰喊道，但爸爸一动不动。

"走啊！"

尽管如此，爸爸还是纹丝未动，没办法我只能和他们打架了。可是……叔叔在场的情况下，我实在是没法打架，因为叔叔根本分不清是我在打对手，还是对手在打我。所以我必须在击打对方胸口后，趁对方摇摇晃晃时迅速扭断他的手腕。由于对方的块头很大，我必须要借助背部力量快速旋转将其摔在地上。

"别、别、别背他。"

叔叔边说边向我对面的男人走去，叔叔的对手看到这个情况也慌张起来。随后，那两个男人一起向我冲了过来，他们应该是察觉到叔叔不是自己的对手了。绝对不能把后背露给他们，我只能边打边躲，不让任何一个人落在我的后方。没有武器的时候，你的对手就是最好的武器。当两个男人同时向我扑上来时，我先出一拳猛击自己"射程"范围内男人的下巴，由于这一拳击中了耳根，巨大的冲击力让他应声倒下。此刻这场战斗差不多就要结束了，现在只要干掉剩下的那个男人就行了。

"晕、晕、晕倒了。"

我抓住对方的脚正准备扭断其脚腕的时候，叔叔忽然紧贴着我的耳朵说道。

"闪开！"

糟糕，就这一下让我错过了最佳的时机。对方猛地一脚踢在了我的肋下，瞬间疼得我呼吸困难。爸爸忽然向对方扑了过去，但他只够得到对方的腰部……他扑过来并不是为了打架，是为了替我挨打的。

远处传来了哨声，不论是我们还是对方，大家都已经厌倦了被抓。

"这！这！这里！"

叔叔冲着穿梭在人群中的公益勤务员①喊道。

"快跑！"

我们和对方都奋力地跑了起来，就连装着高级丝袜的箱子都没来得及收拾。

爸爸因为这次的事情打了我一顿。我之前还去过小酒馆呢，为什么去地铁里就不行？我去那里又不是为了帮他们卖东西，我可不是那样的孝子。我只是想把他们俩从地铁里带出来而已。总之，虽然逃跑的时候产生了一些混乱，但所幸都跑出来了。现在看起来挨打的人是我，但打人的父亲看起来似乎比我更加辛苦，他真的苍老了许多。

"万得爸爸！打得好！你今天不打他，明天他也得

---

① 韩国按体检标准区分的兵种之一。

'死'在我手里！"

屎洙在隔壁楼顶上叫嚣着喊道，不过值得庆幸的是，今天前面楼的大叔没有出来骂人。

Chapter 3

莫名其妙

"您真的要这样吗？您是被荆棘冕旒冠①刺穿了脑子没法思考了吗？您瞧瞧屎洸那副样子，在学生家里喝酒，随便殴打学生。因为他自己从没有受过人性教育，所以也没法教授学生这些东西。既然没办法重新把他变成孩子，再好好教育他一番，那就只剩下一个办法了。请您干掉他吧，要是您这周再不干掉他的话，我就再也不相信上帝了！以圣洁又万能的上帝的名义，阿门。"

---

① 耶稣被钉在十字架时，罗马兵为羞辱耶稣而给他戴的用荆棘条做的冠。

"您又来了，姐妹。"

那个东南亚男人笑着走了进来。

我可是大韩民国健壮的男性，什么姐妹姐妹的。

我走出教堂，今天是一个没有星星的夜晚。

从教堂回到家里，发现叔叔已经睡着了，他睡觉的样子看起来就像是列奥纳多·达·芬奇的人体工学图。就是那个赤裸着身体张开双腿的男人，留着波西米亚人的发型，瞪着一双大眼睛，还有一副看起来似乎时时刻刻都在健身的"梦幻般"的躯体。每次看到叔叔，我都会想起那个图里的男人，他们长得真的好像。这个只忠于外貌的男人，南民九。现在他只要看到人体工学图，就会指着画中的男人说："南、南、南民九。"

"吃吧。"

爸爸特意为了他被打后跑出去的儿子煮了泡面，我还拿了一个黑米速食饭，准备配着泡面一起吃。估计屎洙他知道以后就又该对着我"发疯"了。

"我想去五日集①看看。"

"好的。"

---

① 以五天为基准来收费卖东西的小摊位。

"吃完就去睡吧。"

"好。"

"不要随便乱动拳头。"

"……"

我将米饭拆开，把硬邦邦的饭泡进热汤里。

几天后，爸爸买了一辆二手汽车回来，那是一辆1996年款的紫色提科①。他将座椅调整到最前方，紧紧地贴在方向盘上，这个距离爸爸开起来刚刚好。每次他开车的时候，从外面看起来就像是只有我一个人坐在车里一样。爸爸开着那辆提科走遍了全国的五日集。不管怎么说，我们现在也是有私家车的人家了。

叔叔从副驾驶座上走了下来。

"好，好，好棒。"

叔叔满脸写着开心，就像是这车是他开回来的一样。

爸爸往车轮上浇了一点烧酒。

"不要喝醉了，慢慢跑吧。"

这是爸爸的一种特殊的"祭拜"仪式。

---

① Tico，韩国版奥拓车。

"哦，这辆破车是怎么回事？"

听这口气是屎洙无疑了。看他腋下还夹着本《圣经》，应该是刚从教堂回来。别看他平时是那副德行，教堂还是去得挺勤快的。

"我想去趟五日集看看。"

"可是这车看起来都快老掉牙了，会不会跑着跑着就熄火了啊？"

"相较起年份来说，它的行驶距离并不算很长。"

屎洙把头伸进车里看了眼仪表盘。

"哎呀！都19万公里了，已经跑得够多了。没想到你个子不大胆量却不小，这样都敢跑。"

"尽管如此也没出过什么事故，我开的时候小心点就是了。"

"那你开的时候千万要小心，我感觉它快要走到头了。那我先回去了。"

叔叔挠着头，看着屎洙走进了大门。

爸爸和叔叔把按摩刀和高级丝袜都拿走了。应该是准备在外面"定居"了，可能有一段时间回不了家。我能够理解爸爸做这件事的动机和决心。

"老师，为什么拉粪车和垃圾车都是绿色的？"

就在屎洙讲解绿色运动的时候，白痴赫洙忽然问道。

"你这个幼稚的家伙，怎么总在我的课上问些美术课该问的问题。"

一时间大家笑得像是要把教室给掀翻了。

"就是忽然好奇而已。"

"因为绿色在视觉上不会产生负担，绿色不是更加亲近自然的颜色吗？不然的话难道粪车要用屎的颜色吗？"

"那个，老师，粪车也有黄颜色的。"

不知道是谁忽然认真地回答道。

"你们这群'脏东西'自己学吧！"

恰巧这时下课铃也响了起来。

"万得！你，来和我谈谈。其他人休息一下，准备上晚自习！"

我跟着屎洙去了教务室。

"你妈妈是越南人对吧？"

"什么？"

"你爸爸没告诉你吗？"

妈妈的话……爸爸从没有对我说过关于妈妈的事情，我也从来都没有问过他。没想到屎洙会说起我妈妈的事情，而且居然知道我妈妈是个越南人。

"我告诉她，你长得不像你爸爸，她听了以后很高兴的样子，看来是很担心你呢。"

"我没有妈妈。"

"你有，浑小子。我之前就注意到了，你的家谱怎么这么实诚，每个成员都真是……"

上帝啊，您这一周一定要干掉屎洙，否则我就去炸了教堂。

"我的信息记录上都没有妈妈的信息，这是从哪里忽然冒出来的妈妈，您在跟我开玩笑吗？"

"哎呀，你这小子真是像石头一样硬呢。她是15年前才从信息记录上消掉的，小子。你的户籍记录上还有她的名字呢，户籍记录你不知道吗？你爸妈又不是离婚了，只是分开生活了15年而已。你妈妈到现在还保留着过去办理的户籍记录呢。"

"户，户籍记录吗？"

"对啊，小子。那时候她们这些外国人只要能和韩国男人结婚，就能取得韩国国籍。你妈妈也是如此，你的户籍记录上还写着她的韩文名字呢，你这家伙。"

啊，我一句越南话都不会说，从出生到现在，妈妈都没叫过我一次，所以我也不会喊妈妈。屎洙这个人总是胡说八道……

"想和她见一面吗？"

"她知道我是谁吗？怎么见面？老师您怎么能让我管一个这么多年来从没见过面的人叫妈妈呢？您为什么要这样对我！"

我跑出了教务室。原本我今天是想坐下来上一次晚自习的，这么久以来这还是头一次。但我现在心情很差，所以没有回教室直接离开了学校。

按照现在的情况来看，我应该是要离家出走的。知道了自己身世的秘密，为了一个人静一静，只能留下一张纸条离家出走。可巧的是我的爸妈先我一步离开了，所以很大概率是离家出走一圈回来，还是我自己读自己留下的纸条。怎么连离家出走这条路都给我堵死了。转来转去为了一个人待着，我最终还是回到了家里。

"万得！万得！"

是屎洙。我用被子蒙住了头。

爸爸曾经说过，要是发生战争了就躲进厚厚的被子里，他说子弹这种武器发射时是高速旋转的。在它旋转的时候，被子里的棉花就会裹住它，让它无法穿透棉被。在我还不太会走路的时候就发生了战争，爸爸经常向我提起那场战争，他说以韩国的地理环境，再次爆发战争的可能性非常大。

我知道韩国的战争并没有结束，只是处于休战状态。也就是说，搞不好有一天会轰的一下爆发也说不定。当时的我，想到这些简直是心惊肉跳。子弹也就算了，我最想知道的是，从哪里可以找到能够阻止大导弹的棉被呢？那时我最大的烦恼就是寻找能够保护自己的巨大棉被。直到上中学后我才知道，棉被是挡不住最新式的子弹和导弹的。就像我现在知道，即便我蒙着被子也阻挡不了屎洙一样。

"你这小子，我知道你在家！快开门！"

屎洙砰砰地踢着玄关的门。

"万得！万得！"

走开，快走啊。我真的想离家出走了，因为我实在是不想看到屎洙。

"哎呀，我说那个叫万得还是满得的家伙！你还不快点给他开门！难道想让他一整晚都在这里发疯吗？"

是前面楼里的大叔，这位大叔今天倒是早早就登场了。为了平息这深夜里响彻整条巷子的脏话，我不得不给屎洙开了门。

"万得你这不是能开门吗，你这家伙！"

屎洙大喊着走进了屋里。

"作为学生连书包都不知道拿吗？你这家伙简直是个烂学生！"

屎洙把我落在学校的书包拿了回来，紧接着就从包里掏出了一瓶烧酒。

"你们这些学生崽子把香肠装在书包里到处跑……去把杯子拿来。"

明明就是你自己在来的路上买了放进去的。

我把杯子放在屎洙面前。

"再拿一个过来。"

我愣愣地看着他。

"我说再拿一个杯子过来，你这家伙。"

我又拿来了一个杯子。

"接着。"

"……"

"还要我再重复一遍吗？拿着，你小子。"

我接过酒，然后一口气喝了下去。我很想知道直接喝汽油会不会有这种烧起来的感觉。烧酒的臭味一直萦绕在我的鼻腔中,我的眼珠也像是被某种压力挤压得要掉出来一样。

"你不会喝酒吗?"

"……"

"话说,我第一次见你的时候,就厚着脸皮说过你的眉毛长得又浓又密的。你妈妈在城南,我们教会有一个外国务工人员的休息所,他们和城南的休息所有联系。"

屎洙说我妈妈在城南的一家餐厅里工作。像我这样的家庭远比我想象的还要多,只是我不知道而已。她们为了获得更好的生活,连丈夫的面都没见过,小小年纪就漂洋过海远嫁他国,有些人的丈夫甚至患有残疾或者是即将死去的病人。虽然嘴上说着是妻子,但也有些人被关在偏远的村庄、农村、岛屿等地方拼命地工作着。所以有些人会选择在生过孩子后,夫家对自己的看管有所松懈之时,忍痛逃离这个家庭。从丈夫的立场来看,就是妻子从家里逃走了,而从妻子的立场来看,这就是一场彻头彻尾的跨国婚姻诈骗。

在一个对残疾人充满了偏见的国家,在一个毫不掩饰地无视贫穷国家人民的国家,我妈妈的生活该有多么地痛苦。那么如果以这些条件来看的话，生活在没有妈妈的环境下的我又算什么呢？屎洙安慰我说，我爸爸并没有向我妈妈隐瞒自己身患残疾的事实，他把那些都写在文件上了。是中间人为了撮合这段婚姻，私自将那部分内容删除了。也就是说，爸爸他并不是一个为了娶老婆而进行诈骗的坏人。

"你妈妈她想见见你。"

"先问问我爸爸吧。"

"她就是想你了。"

"所以让你问问我爸爸啊。"

"你这小子，我说她想你了！"

"我已经说了好几遍了！不是让你先去问问我爸爸吗？！"

"好，你这家伙，你真是个孝子。我，走了。"

屎洙三两口喝完烧酒之后走出了房门。

门外传来咚的一下踹门声。

"把门锁上，臭小子！"

我把作业本摊在饭桌兼书桌上。

好吧，那我就写写看吧，写小说有什么特别的。我就算是写写自己的生活，也能得诺贝尔文学奖。

万得，你去买一条丝袜来。这里是托儿所还是什么啊？喂，你这小家伙也是！不是说了不要把这家伙带到这里来嘛！不知道从什么时候开始，都是我一个人在家里泡面吃，饭锅里溢出来的米汤，潮湿的燃气灶，这就是我所生活的地方……这糟糕的生活，而那段时间里从没有妈妈出现过。越南女人，一个越南女人。

咚咚！

扔出去的作业本砸在墙上，滚落到地面。

"在外面上补习班的学生举手，先从班里的这些佼佼者开始。"

有几个学生举起手来。

"接下来是其他人，那些举起来又放下的家伙是怎么回事？都给我听清楚了，上补习班的人可以不用上晚自习。"

同学们呼呼啦啦地都举起了手。

"陶万得，你把手放下来。"

偏偏他就住在我隔壁，我尴尬地用举起的手挠了挠头。

"从今天开始，你们这些家伙不管上不上补习班，都得给我上晚自习。"

"吁——吁。"

"我就是调查一下嘛，你们这些家伙。休息一会儿，准备上晚自习！"

居然对学生进行"欺诈"，他这种人真是无人能及了。

"万得，你想好了吗？"

"什么？"

"算了，小子。"

屎洙走出了教室。

"班主任那家伙让你想什么啊？"

赫洙这个讨厌的家伙，手指被我折断打着石膏，还总在我面前晃来晃去的。

"让我去上首尔大学。"

"首尔大学？就你？你又不是郑允荷。班主任那家伙脑子坏掉了吧。"

白痴屎洙vs白痴赫洙。

"话说回来，这不会是班主任为了防止你退学而做的秀吧？你老实说，你们俩到底是什么关系？"赫洙挥舞着他打着石膏的手嘟囔道。

白痴界的王者还得是赫洙，说来也奇怪，赫洙的手都断了，我居然什么事都没有。屎洙他这次真的是为了我的事费了不少工夫。上帝您这周是因为这个才放过他的吗？不过，我还是希望您能够早日干掉他，阿门。

"就是一块吃饭的关系。"

我这话说得可没什么错，屎洙那家伙可是把我的救济品都给吃光了。

"他为什么要和你一起吃饭？他又不是你爸爸，更不是你哥哥。难道班主任是你的亲戚吗？"

"嗯，就算是吧。"

"我就知道你们两个之间有点什么。喂，班主任和陶万得是亲戚！"

一瞬间同学们都看向了我，唉，真是丢脸啊。等"处置"完屎洙之后，我就上教堂"处置"这个家伙。

Chapter 4

习惯一个人

"房、房子，好、好脏。"

"叔叔的语速变快了呢。"

叔叔嘻嘻地笑着，然后通宵给家里打扫了一遍。

地板像是被打了蜡一样闪闪发光。清晨的阳光"撞击"在地面上反射出刺眼的光芒。就地板的光亮程度来看，叔叔应该是一夜没睡，我也难得能够愉快地在这样整洁的房间里醒来。

"你这个该死的家伙怎么随便诬陷好人！"

"这个社区里，除了你还有谁会骂我浑蛋！"

听这声音是屎洙和前面楼的大叔。我就知道这两个人迟早要打起来。

"你还想让我说多少遍,不是我干的,你这个浑蛋!"

父亲、我还有叔叔一起走上屋顶,朝小巷内望去。

屎洙和前面楼的大叔一副马上就要打起来的架势。

"我们去外面看看发生了什么事情。"

"好。"

我家提科车的正面赫然写着"浑蛋"两个字,看样子是用钉子划出来的。

"这是谁干的?"

"万得你来了。除了这家伙还能有谁,他还在这里跟我装蒜。"

"哦呦,你就是那个大名鼎鼎的万得还是满得啊?"

"真的是大叔你写的吗?"

"你有证据吗?有什么证据证明吗?"

父亲和叔叔也下来了,大家都相继看到了车上的字。

"乱、乱、乱写乱画,不可以……"叔叔摆着手说道。

"不是,我说这都是些什么白痴废物。"

又是这样，我的身体比脑子先一步行动了起来。要不是有三个人拦着我，前楼的这个大叔怕是会被我给打死。

"他都在骂人家爸爸白痴了，作为儿子要是无动于衷的话那还算正常吗？请您妥善处理这件事情。"

我和爸爸还有叔叔都默不作声。叔叔本来就是那种一看到警察就会下意识逃跑的人，所以他一动不动还情有可原。但我不知道爸爸为什么也是一声不吭的，看他那个表情还以为那个字是他刻的呢。至于我的话，毕竟人是被我打成这样的，我自然也没有什么好辩解的。谁能想到这个时候是屎洙在这里帮我们家争辩呢，前楼的大叔还躺在地上呻吟着。

"哎，我要死了……"

"请您安静一点。"

警察对着前楼的大叔喊道。

"我们把车停在自家门口，他却拿钉子在上面刻了'浑蛋'两个字，这合适吗？要不是因为我们是残疾人，他会这样做吗？这个社会不应该是这样的吧？"

屎洙咚咚地拍着桌子露出一副委屈的表情，他今天表演得很不错。

"那里怎么算是那家伙的家门口！那明明是我家门口。"

"两扇大门挨在一起，你凭什么说那是你一个人的家门口，你这家伙，你连车都没有！"

"我是住在我自己的房子里，那个家伙不过是个租客！"

"既然我们交了租金，那自然有权利使用家门口的那块地！"

屎洙自然是不会输的。

"老师，您不能在这里这个样子。还有大叔，这位老师说得也没错。"

"你们这些所谓的民众的后盾已经烂透了。"

"大叔！"

警察瞪大眼睛看着前楼的大叔。

那位大叔又开始呻吟了起来。

"我是这孩子的班主任，他的情况我再清楚不过了。这可是个非常老实的孩子，今天可能实在是太生气了才会造成这种失误的，还请您从轻发落。"

"这件事情我原谅你不算数，你俩必须达成和解才行。大叔！我看您也没怎么受伤，不如大家和解吧。房子前面的那块地也不只有大叔一家在使用，大叔您也得赔偿人家油漆钱，差不多就这样握手言和吧。"

"我要是给那辆破车重新喷漆，那个家伙就得按暴力罪判罚！按法律来，依法行事！"

"人身攻击、精神损害、财产侵害，那我也依照这些来申请赔偿吧！"

屎洙瞪大了双眼说道。

"什么？"

"我不管怎么说也是法学院出身的社会学老师。你很喜欢用法律来解决问题吗？"

"哎……那辆垃圾车算是什么财产。"

前楼的大叔从椅子上站了起来。

"大叔，在这份文件上盖好章就请回吧！"

前楼的大叔接过警察递来的文件，用力在上面按下手印之后便走出了派出所。

我们没有支付他医疗费，他也没有给我们汽车喷漆的费用。所以，提科的正面还留着"浑蛋"两个字，之所以看起来不那么明显，是因为我用红色的签字笔又在上面描了一遍，以后估计要经常去描一描才行。前楼的大叔只要一看到屎洙就会发火，屎洙每次看到他也会对他比出骂人的嘴型。因为"涂鸦事件"整个社区的人都知道了屎洙是学校的老师，所以为了面子，前楼的大叔不方便骂出口。真不愧是屎洙啊，不过现在，前楼的大叔似乎偶尔也会去教堂的样子。

爸爸发动汽车的时候，屎洙正好提着垃圾袋走出来。

"这么快就要走了？"

"货都整理完了，得快点去赶集才行。"

"嗯，万得他没说什么吗？"

"发生什么事情了吗？"

"没有，就是他最近好像很努力地在写小说。"

"因为老师就住在隔壁，我才能如此安心，万得就拜托老师您了。"

"万得他能照顾好自己，嗯。"

"这孩子从小就是自己一个人……"

"你快走吧，爸爸。"

我咚咚地敲了敲提科的车顶。

"万，万，万得……"

"我会好好照顾万得的。"

终于，屎洙他也具备了只要听见叔叔说前半句就能猜到他后面想要说什么的能力。

爸爸的提科开出了小巷，里面装满了中国产的指甲刀套件和老花镜。

这次的集市在忠清道举行。从礼山郡的插桥市场开始，到燕岐郡的鸟致院市场结束，中间足足需要一两个月的时间。虽然集市的日期定在1、4、5、7、8、9、10日，但仅仅在忠清南道就有大大小小超过30个五日集。如果你想要在日期内走遍所有的集市，那就连休息的时间都没有了，哪怕是中途回首尔拿东西都没法顺便回家看看。

过去一直在黑暗里跳舞的两人，现在却要转去明亮的市场上跳舞。我还见过他俩在集市上跳舞的样子，但有一点是可以肯定的，那就是看起来一定比在小酒馆里更加健康。卡巴莱……我总是在那里看到爸爸被打的样子，在那里他一边挨打一边又要赔笑。虽然他看起来是在笑，但我却并不喜欢他笑的样子，我很担心他笑着笑着会忽然哭出来，你能理解那种心情吗？我上初一之后，爸爸就在首尔给我租了一间小房子让我一个人住。我想他大概是不喜欢我往返于宿舍和夜总会之间吧。

"万得啊，你也觉得我跳舞的样子很好笑吗？嘿嘿嘿，我觉得我跳得挺好的，为什么大家总是觉得我不行呢？节奏是靠身体来控制的而不是靠身高。这些傻瓜们，不知道这件事情有多不容易。要是我能再多长高10厘米……嘿嘿嘿。"

小时候爸爸只要一喝酒就会说这样的话，而且自从我的身高超过他开始，这个话题就变得更加沉重了。14岁时我离开了卡巴莱，那是我记忆中的第一个场所，有时我还会有点怀念它。

"你没跟你爸爸说吗？"

"……"

"你妈妈说她不想见你爸爸。"

"你到底有什么证据说那是我妈妈？"

"我看过照片，你周岁时拍的全家福，你爸爸的样子和那时候比起来一点都没变。"

照片……我从没见过那种东西。

"我听说她是等你断奶后才离开的，不知道是万幸还是不幸，你很早就断奶了。"

原来我也是吃妈妈的奶长大的，我还以为自己是吃卡巴莱那些服务员姐姐们给的饼干长大的呢。

"你要是实在不想见她的话，那我也没什么办法，你这小子真是小气，去写你的小说吧，小子。"

"哎呀，万得在写小说吗？真是人不可貌相啊。"坐在屎洙旁边的物理老师看着我说道。

说到小说，其实我还一个字都没写过，可屎洙他总是给我营造出一副"小说家"人设，不知道这样下去我会不会真的成为一个小说家。

就在我进入教室的瞬间，白痴赫洙忽然袭击了模范生俊浩的右眼。上次和他较量的时候都没发现这小子出拳还挺快的，那速度快得怕是测速仪都拍不到。但他的问题在于，光有速度而力量不足。稀里糊涂挨了几拳之后，俊浩的表情一变，开始了反击。俊浩的拳头有着相当的速度和力道，甚至具备精准打击的能力。俊浩的拳头完美地落在赫洙的嘴唇中央，这一拳仿佛是在提醒他闭嘴一样。如此干净利落的一拳，惹得那些不知情的同学都不由得鼓起掌来。

跟跄了一下后，赫洙似乎也感受到了这一拳的威力，他跳起来一把抓住了俊浩的头发。抓头发还是很有效果的，由于视线受阻俊浩无法再出拳。他放低重心将头发抽了出来。

"你别得意。"

"来啊，你小子，来啊！"

俊浩又扑了上去，一副要置赫洙于死地的架势。但班里的氛围却有一些奇怪，

同学们聚在一起嘀嘀咕咕地骂人，但话题的主角并不是白痴赫洙而是模范生俊浩。

"臭小子，真是没事找事，呃啊！"

赫洙向教室的地板上吐了一口吐沫，然后走到自己的座位上坐了下来，俊浩也回到了自己的座位上。这件事情乍一看像是俊浩赢了，但我总感觉真正丢脸的人也是俊浩，真是奇怪。

"哎呀，延俊浩这人真是让人倒胃口啊。"

这些女生也不管俊浩能不能听见，就在背后偷偷地骂着，但怎么看都像是故意骂给他听的。这两个男人打架打得真奇怪啊。俊浩走出了教室，我看他连书包都带走了，看样子是直接回家了。

"你这臭小子，又准备去画画吗？"赫洙冲着俊浩离开的背影喊道。

"你这浑蛋！没啥好画的了，也就只能画那种漫

画了。"

赫洙一直在教室里吵吵嚷嚷的，郑允荷也提着书包走了出去。今天公布的摸底考试成绩，前两名双双爆冷。

"喂，赫洙啊，你的'另一半'走了。"

经常和赫洙粘在一起的民彬说道。

"你也看了吗？"

"看了啊，刚刚你去卫生间的时候，教室里都传遍了。"

"不过那东西是谁找到的？"

"是东万找到的，俊浩当时准备找几张草稿纸用，他翻书包的时候正好被东万给看到了。这都是什么剧情啊！哈哈哈。"

"真是越想越生气。"

"你也别太生气了，要不是那个漫画，你怎么可能和郑允荷交往啊？画得挺不错呢。班主任在前面上课的时候，他就在后面干这些吗？"

民彬咯咯地笑了起来。我也看不懂到底是什么情况，看样子是俊浩画了成人漫画。我也大概猜到郑允荷瞪着眼睛冲出去的理由了，不过漫画的女主角为什么偏偏就是郑允荷呢？不过话说回来，她确实总是把校服外套撑得鼓鼓囊囊的，也不知道俊浩明天还会不会来学校。我悄悄地从座位上站了起来。

"你打算站着吗？"民彬瞥了我一眼说道。

"我准备去厕所。"

"说实在的，你也该看看那个的。"

但我……真的站住了。

17年后忽然听说自己多了一位妈妈，这种"东西"我真是连想都没有想过……我从一开始就没有过妈妈，所以我根本不觉得没有妈妈有什么不好的。现在却告诉我说我有个妈妈，我还要因为这件事情频频被叫去教务室，这实在是太难受了。从妈妈出现的那一刻起，令我头疼的事情就没完没了。

奇怪的是，郑允荷总是浮现在我的脑海中，我的身体也因此产生了一些奇怪的变化。俊浩画的那本漫画我连看都没看过，就只是自己随便联想了一下，下半身就忽然变得沉甸甸的。与时隔17年忽然出现的妈妈相比，眼前这件事似乎还更麻烦一些。

만득이

第2卷

郑允荷哭了，她拿出手绢擤了擤鼻子，

又把擤过鼻子的手绢折了一下，

继续用它擦干了眼泪。

最后她又把手绢装回了书包里。

看来她是不打算扔掉还想接着用，

这女孩真是比想象中的还要「邋遢」一些呢。

Chapter 5

两个人的祈祷

　　难道我是全班唯一一个没有看过那本漫画的人吗？郑允荷现在只对我一个人表现得很亲切。她对待其他同学时只会冷冷地说："走开！"和我说话的时候却会说："请让一下好吗？"有时候她甚至也不怎么和女孩子们说话了。俊浩被屎洙叫去骂了几次，现在他只像个死人一样地学习。男主人公赫洙……依旧是个一无是处的白痴。

　　"不管怎么说，郑允荷现在是我的女人了。啊，我已经厌倦了这个聪明女人了……"

　　俊浩他到底是怎么想的，他怎么会选赫洙做漫画的男主角呢？

屎洙走进了教室，班里瞬间安静下来。

"看看你们这帮家伙学习的样子，怎么了，首尔大学忽然向你们招手了？"

连学生学习都要嘲讽的老师恐怕也只有屎洙了。

"今天的晚自习到此结束，学校出了点事情，具体什么事情你们也不用知道。快回家吧，结束了！"

学生们欢呼着走出了教室，我怕屎洙会来抓我，所以也赶忙跑了出来。郑允荷从我的身边闪过，然后忽然停了下来。我躲开了她，在走廊上跑了起来，刚刚还停着的郑允荷却忽然又跑过来跟在了我的身后。什么呀，烦死了。我只好又停下来慢慢地走，只为了让她先跑过去，可谁知道她也走了起来。

"万得！"

是赫洙。

"今天晚自习结束得早，去你家煮泡面吃吧。"

"我爸爸今天要回来。"

"回来又怎样？"

"回来当然是要休息啊。"

"哎，那我们就去便利店吃完再走。"

这个白痴在我面前说一些只有亲近的人才会说的话，但我和他关系又没有多好，居然跑过来跟我说这些。明明一次都没去过，却说得像是总在我家吃泡面一样。

屎洙每天都把"住在学校旁边的小子"这些话挂在嘴边，搞得这家伙也跟着起哄。为什么偏偏要搬到这个小区来啊……就在我和赫洙说话的时候，郑允荷又从我的旁边走了过去。

哪怕是住在郊区，爸爸也要坚持待在首尔，他一直认为只有在首尔上初中和高中，我才能够考上不错的大学。随着我被分配到距离较远的第二志愿学校，爸爸也把家搬到了学校的附近。虽然说起来是在学校附近，但也需要沿着小河坐三站公交，然后再爬到陡峭的巷子顶端才能到达。这里也是阻碍我安静生活的、我的"人生哲学课题"——屎洙所生活的地方。没想到爸爸这蹩脚的"孟父三迁"之法，竟然会让我的人生变得如此"曲折坎坷"。

我沿着河边的小路向前走去，公交车在我的身边呼啸而过，一般情况下，我都不会坐公交车。我围着村子的周边逛了起来，真是久违的感觉。全曲练歌房、高恩牙科、朱载民面包店、曲奇咖啡馆、广告牌上掉了一个字的自由搏击体育馆……

"那个……陶万得。"

一个文静的声音传来，是郑允荷，她今天到底是怎么了？

"陶万得。"

"怎么了？"

"我有话要对你说。"

"说。"

"咱们找个地方坐下说……"

"去哪？"

"我又不住在这个小区……"

虽然我住在这个小区，但我也不知道有什么地方可去，毕竟我也刚搬来没多久，每天就是沿着小河边上下学。去哪里好呢？再往前走走有个DVD厅，我记得自己还有一部漫画没看完。他们这种模范生应该不会去这样的地方吧？

"跟我来。"

我去那里绝对不是因为有多喜欢，只是实在没什么地方可去了，这个时间段既开着门，又没有什么人的地方也就只有这里了。

"没想到你还会来教堂呢。"

"……"

是屎洣当上我们的班主任之后，我才来这里的。但我这种情况算是参与教会吗？毕竟我既没有经常来，每次来的时候也没有带着《圣经》或是赞美诗。

"这座教堂小巧雅致，真是不错啊。"

小巧雅致真不错，只可惜这座教堂里的上帝不是全能的。

"你想说什么？"

"我刚进学校的时候就看到过你打架，那时候我还以为你是个游手好闲的学生呢。"

"我就是游手好闲啊。"

"我是说那种真正的游手好闲，小混混。"

"是游手好闲还是小混混，又怎么了？"

"也是，那种游手好闲的学生都比较酷。"

"你到底想说什么？"

"你为什么总是一个人啊？"

"什么？"

"只有你一个人去吃学校供应的午饭，每天不管做什么也都是一个人。如果班主任每天像那样'万得万得'地叫我的话，我一定会抓狂的。但你看起来却像是毫不在意一样。"

我确实是很讨厌屎洙。不过这孩子她真的有点古怪，我的意思是，她说这些到底是想表达什么呢？

哦，这里的耶稣像好像变了，这幅画的脸更大一些，现在看来耶稣还挺英俊的。

"你在听我说话吗？"

"什么？哦，听着呢。"

"总之，你和那些总是试图'无中生有'的学生不同。"

"我完全听不懂你在说什么。"

"你总是忽然出现在教室里，又忽然消失。所以不论我此刻对你说了什么，你都会忘记的。"

这都是什么啊，她到底在这里哼哼唧唧说什么呢，我真的好累。

"我不在乎你到底看没看过那本漫画，你就……"

"我没看过。"

"我不在乎，我现在只是需要一个能够左耳进右耳出的人来听听我说话。我实在有太多话想要说了，但我又不希望有人记住它。"

"关于那本漫画吗？"

如果是这样的话，那么郑允荷你就大错特错了。说实话，我实在是太好奇那本漫画了，如果你是要跟我说漫画的那件事情的话，我可能被打死都不会忘记的。啊，我好不容易才控制住自己不去想那件事，这下又让我想起来了。该死，这都是什么情况啊，在这么神圣的教堂里。

"不是漫画，是俊浩。我没想到他会用这么卑鄙的手段来报复我。"

"他为什么要报复你？"

"我和俊浩……"

郑允荷把头低了下去。

"第一名和第二名交往了，后来你又提出要分手？"

郑允荷震惊地看着我。

"你都知道了？"

"没有。"

我本来就有只要听到开头，就能猜到结尾的能力，却没想到在这里派上了用场。

"我觉得他是个变态。"

变态？我目不转睛地盯着郑允荷。

"你明白我的意思吧？你们男生都是这样吗？"

通常是吧。我好像也和俊浩得了同样的病。说来也奇怪，小酒馆的那些姐姐们就算脱光了在我面前换衣服，我都不会有什么感觉，哪怕是现在回想起来内心也不会有丝毫波澜。但只要看到将校服纽扣系到最上面一格的郑允荷，我的内心就会产生奇怪的想法。

"他画那种漫画的时候被我给发现了，说实话我从那时候起就不太喜欢他了。"

就那点破东西也没什么特别的。

"我真希望有人去帮我教训俊浩啊。"

在这个教堂里祈祷的人又多了一位。我想耶稣大人一定很忙吧，但不管怎么样，还是我的祷告排在前面。郑允荷哭了，她拿出手绢擤了擤鼻子，又把擤过鼻子的手绢折了一下，继续用它擦干了眼泪，最后又把手绢装回了书包里。看来她是不打算扔掉还想接着使用呢，这女孩真是比我想象中的要"邋遢"一些呢。

"啊，真痛快，谢谢你。"

她要说的话就是希望有人对付俊浩吗？如果就是这个的话，那她应该对着那边戴着荆棘冕旒冠的耶稣说。不过话说回来，我有时候也会画那种漫画，希望我不要被她发现了。不然的话，搞不好哪天她会偷偷摸摸地跑来这里祈祷，让耶稣对付我。我有点好奇的是，如果郑允荷祈祷让耶稣对付我的话，耶稣他老人家是会先对付我，还是先对付屎洙呢？真是让人头疼的问题。

"心里畅快多了，你下次还能抽出点时间来陪我吗？"

"走吧。"

分手后画出令人头疼漫画的俊浩，还有分手后就言辞凿凿地希望前任被干掉的郑允荷，他们俩还真是般配啊。

这些令人疲惫的模范生。

我从椅子上站了起来。

"今天是姐妹俩一起来了啊。"

又是这个东南亚男人，明明不怎么懂韩语，还硬是要说两句。好好学学韩语吧大叔，像我们这样的组合，不是姐妹而是兄妹。不管怎样，我只能假装听懂地冲他点了点头，然后便走出了教堂。

我沿着小河向上走去，郑允荷则顺着小河下行而去。

Chapter 6

粉红色的旧短靴

"万得。"

屎洙拿着个装满了泡面的箱子喊我。

"回家的路上有个教堂，你把这些东西带过去。不要送到教堂里面去。你从教堂旁边绕过去，那里有个房子上面写着'休息所'，你把东西拿到那里去。你自己也是领救济品的人，给你自己也留一些。"

"又不是只有我一个人在领救济品，为什么总是使唤我啊？"

走廊上路过的学生转头瞥了我一眼。

069

"因为只有你住在我的隔壁，你这臭小子，话怎么这么多！"

我不耐烦地接过了箱子。

"啊对了，你妈妈她今天也在那边。"

原来他是故意叫我去的。要是他想学电影里那样，让我和妈妈来一场戏剧性的相认，他就不该告诉我这件事。妈妈哭着对我喊出"万得啊！"，我也哭着喊出"妈妈！"，这样的情节看起来或许还会有些感动。现在他都说出来了，让我是去呢还是不去呢？去了以后我怎么知道我妈妈是哪一位呢？难道让我挨个去问吗？我是绝对不会去的。

共享休息所。

光线从写着休息所牌子旁边的小窗户里透了出来。要是我今天不来跑腿的话，明天迎接我的将会是一场灾难。我小心翼翼地走过去，尽量不弄出脚步声。原本我是打算悄悄放在门口就走的。

"姐妹。"

啊，吓我一跳。真不知道这个男人为什么总是这样突然出现。

"我接到了李东洙老师的消息。"

"什么消息？"

"说您要过来。"

"大叔你是哪国人？"

"我来自印度尼西亚，我叫阿里·哈桑。"

"哦，你们国家也信耶稣吗？"

"我太太相信。"哈桑笑着说道。

"大叔你为什么每次见我都叫我姐妹啊？"

"在教会不都是这么叫的吗？"哈桑反问我道。

我也是因为屎洙才偶尔来教堂的，在此之前从没去过教堂，原来他们教会的人都是这么称呼的吗？

"给你。"

我将装泡面的箱子递给了他。

"谢谢您，我们会好好享用的。"

这时，有个女人从休息所走了出来，我感觉自己的心脏都要停止跳动了。从她的外貌来看很难估算出年龄，她长得似乎既年轻又苍老。

"这是我夫人。"

我赶紧离开，慌忙地冲到外面来。

我的心到现在为止还是怦怦直跳。我不知道母亲这个人物到底有什么魔力，可以让我的心跳得如此厉害。我对这个问题从来都没有好奇过，可为什么现在忽然就这么好奇了呢？如果是我发现自己被骗婚，逃跑之后一定会以最快的速度逃回自己的国家。干吗还要待在这里呢？其实，妈妈这个词我还是不知道该怎么叫出口……

　　回到家我发现房前站着一个人。是"那位"，我的妈妈，虽然我从没有见过那位，但我非常肯定她就是我的妈妈，是我的内心告诉了自己这个答案。此时此刻我的心又怦怦地跳了起来。屎洙这家伙真是的。

　　"你过得好吗？"

　　"我准备……煮点泡面吃。"

　　我从包里掏出钥匙打开了家门，进屋之后将包扔进房间里，然后拿锅接好了水。

　　嗒、嗒、嗒。

　　我连转了三次才把煤气炉点着。

　　"谢天谢地，你健康长大了。"

　　"那位"站在门前说道。

　　"您想吃泡面吗？"

　　"……"

我拿起杯子往锅里添了点水。我实在是无法直视"那位"的眼睛。

"你父亲……"

"家里没有鸡蛋了。"

我提前把方便面的袋子拆开放好，现在没什么事情可做了。

"我……就，就想见……"

"我煮好以后端进去，你先去房间里坐着吧。"

"那位"犹豫了一下便脱下鞋子进了房间，那是一双旧的短靴，鞋子前面装饰着一串土气的粉红色流苏。

我把煮好的泡面端进了屋里，这是我有生以来第一次将泡面装进碗里。

"那位"又将自己碗里的泡面夹了一些给我，真是太好了，正好我肚子很饿。

"家里没有泡菜吗？"

"都吃完了。"

"你每天就吃这些吗？"

"差不多吧。"

"我听说泡面吃太多对身体不好……"

"你韩语说得真不错。"

"因为我来韩国已经很长时间了。"

"快把泡面吃了吧。"

时间还有很多,但我实在是没什么事情可做了,都怪我吃泡面吃得太快了。

"那位"像是一位正在接受惩罚的罪人一样,一直跪坐在地上。深夜,巷子里传来女孩子们的笑声,那笑声持续了很长时间,然后渐渐消失在夜空之中。

"我明天还要上学。"

"现在要睡了吧。""那位"从一个潮湿的布袋中拿出了一个白色的信封。

"这个……"

"我不需要这些。"

有那个钱给我不如给自己买一双新鞋,现在连小孩子都不穿那种东西了。

"我不知道该说什么好……我实在是非常抱歉……"

"我不需要,你拿回去吧。"

"那位"还是执意将信封放下后才离开了房间,不知道"那位"是不是到教堂去了。

房间里好像有股奇怪的味道,我也说不上是什么味道,但不管怎么说,这味道都和我独自在家时有所不同。

到底是什么味道呢，毕竟"那位"连妆都没有化。难道这就是母亲的味道吗？就连"那位"吃过泡面的碗看起来也与过去不同了。我打开了"那位"留下的信封，原本以为是给我的钱，没想到是一封信。

对不起。

我从来没有忘记你，我真的很想念你。

我是个坏人，真的很对不起你。

如果你愿意的话，可以给我打电话。

×××-×××-××××

不想打的话，也没有关系的。

对不起没能一直陪在你身边，陪你长大。

信里并没有那些常见的令人感动的或者依依不舍的话。一直以来，"那位"从未陪伴过我，我也从没有叫过妈妈，所以对于我来说只能用"那位"来代替这个称谓。还有就是，"那位"说她一直都想来见我。也对，毕竟"那位"是知道我的存在的。我将信塞回了信封里，并将它甩到了房间的另一头。这是什么莫名其妙的母子相逢，我和"那位"难道不是应该激动得流泪吗？这和没有划分三八线前的南北离散家庭团聚有什么区别。17年未见的母亲，一起吃了碗泡面就分开了。这样看来母亲存在的意义到底是什么呢？话说回来，屎洙，咱们走着瞧。

"她是越南人。"

父亲的手忽然停了下来，说话之前他正从包里拿出他那件闪闪发光的表演服。

"她来过了。"

"她过得好吗？"

父亲挑选了一条领带来搭配服装。

"她来了一下，很快就离开了。"

"……"

"她还留了电话号码。"

"过两天把这个送去干洗吧。"

父亲把之前穿过的衣服卷起来放在了门边。

"市场里有地方跳舞吗？"

"就在我们自己的手推车前跳呗！民九舞跳得很好，吸引了不少客人。"

"街、街头卖唱的人，也、也跳得很好。"

民九叔叔笑着说道。

"那个人，也是因为自己所生活的国家实在是太贫穷了，她在那里也学到了不少东西。"

"街、街头卖唱的人，也学过舞蹈啊。"

民九叔叔认真地点了点头。

"听说你们又没有离婚。"

"是我让她走的。"

"为什么？"

"她不能理解我在卡巴莱跳舞这件事。"

"就因为这个？你就是因为这个让她走了？"

"我不喜欢宿舍里的那群人看待她的方式，他们只是把她当成一个买来的女佣，从不把她当我的妻子来看待，在他们看来她只是个为我处理后事的人。所以即便看到我让她走了，也没有人来上前阻拦。"

"我去趟洗衣店。"

"过几天再拿过去也行。"

我的心里畅快了不少，毕竟这些事情我早晚要和父亲谈清楚的。

是屎洙！

屎洙将《圣经》别在腰间，急匆匆地跑进了家门。

我也赶忙向屎洙家的屋塔房跑去。

"开门！"

"不开，小子！"

"王八蛋，快开门！"

我胡乱地扭动着屎洙家的门把手。

"你这个没礼貌的家伙！怎么能对老师说脏话呢！你这臭小子！"

"你为什么要告诉她！"

"我没告诉她！"

"那她怎么知道我在这里？"

"我怎么会知道，小子！我只说了我家的地址！"

"那你为什么告诉她，你的地址！"

"因为她问我你家在哪！"

"你看啊！还不是你告诉她的！"

我把他家的窗框踢得粉碎。

"我只是说你住在我家隔壁！我家隔壁只有你一家吗！"

"喂，万得你这个浑蛋！怎么到了周日还要发神经！你给我安静点！"

真是久违地听到前楼大叔的声音。

"因为万得的妈妈来过了，你这个浑蛋！"

屎洙打开门大喊了一声又迅速地把门关上了。

不知道的还以为他是万得家的"代言人"呢！不管是在学校还是在社区里都口无遮拦地乱说。

"老师。"

"叫我干吗？"

"谢谢您。"

"那你还不快走，臭小子。"

我松开了手中握着的门把手，从屎洙家楼上走了下来。

赫洙就在我旁边明目张胆地将紫菜包饭摊在桌子上吃了起来。美术老师似乎也对这件事情睁一只眼闭一只眼，我都能清晰地听见他"嘎吱嘎吱"嚼腌萝卜的声音。就在他从包里掏饮料的时候，我们俩的眼睛对视了。

"给你点？"

赫洙无声地用嘴型向我比画道。

"你自己慢慢当猪吧。"

我也同样用嘴型回应他。

赫洙对我竖起了中指。

"你这个……"

"坐在最后的那位同学。"

我还没来得及骂赫洙，就被美术老师点名了。与此同时我又和赫洙对视了，他用手指比画成一把枪的样子指向我，对我做出一个开枪的动作后，又用手捂住胸口假装中弹的样子。这个……白痴。

"不要在那里左顾右盼了，看着我！"

我再一次看向了美术老师。

"你说说看，从这幅画里你看到了什么？"

美术老师指着视听材料说道。电视上的图片下面写着"米勒——《拾穗者》"。我好像经常会在某些地方看到这幅画。

"她好像在说：'你看什么看。'"

"什么？"

"那个驼着背站在那里的大婶，她好像是在说'你看什么看'。"

同学们忽然像敲鼓一样敲起桌子来。你们想笑就笑呗，这样真是吵死人了。

"这位同学你叫什么名字？"

"陶万得。"

"你了解过关于米勒的故事吗？"

"没有。"

"虽然当时的社会和现在没有太大的差异，但那时的农民被繁重的劳动给折磨得苦不堪言。米勒是一个真实而又富有情感的画家，他想要通过作品来展示这些人的劳动价值。但是如果我们站在劳动者的角度来看，自己累得连腰都直不起来，而米勒却站在一旁悠闲地作画，此时的你会作何感想？是不是也可能会想'你看什么看'？这位学生能够从这幅画中读到农民日常耕作的艰辛，这也从侧面印证了米勒的确是一位了不起的艺术家，不是吗？"

美术老师微微地笑了笑，但这个笑容看起来并不是十分开心。

模特的立场是什么，劳动价值又是什么。再仔细看那幅画，那个驼背站着的大婶看起来更像是这三个人中的头目，像是打过几场架的样子。你看她一只手轻轻地握着麦穗，另一只手则正准备握拳。她压低身形，能够方便从侧面攻击对手，同时又不会将自己的胸部和背部暴露在敌人面前，这姿态一看就是个老手。前面的两个女人也是如此，她们将麦穗藏在身后，在危急关头可以抛出麦穗阻挡对方的视线，如此一来，她就可以直接出击大干一场。头目旁边的女人，她的拳头大小可不一般，说不定里面正握着石头，虽然看似卑鄙但也没有办法，打架最重要的是先赢了再说。

郑允荷看着我笑了起来，这孩子看起来真是有点缺心眼呢。

Chapter 7

三个耳光

教堂旁边的共享休息所即便是到了很晚的时候也依旧会亮着灯。最近我好像很久都没有去过教堂了，要不今天去看看吧？这段时间我对"干掉屎洙"的这个想法有所保留，所以也没再着急去教堂。这倒不是因为屎洙忽然变得有多好，只是我自己保留了这个想法而已。上帝他应该是随时准备好要行动的，只不过近来像是在偷懒的样子。实在不行的话下次我就到寺庙里去看看。话说回来，"那位"为什么留下电话号码后就再也没来过……

"姐妹您好久都没来教会了呢？"

哈桑边朝教堂的方向走来边问道。凑近一看，他左边眉毛的下方都裂开了，应该是遭受了一记重拳。

"这伤是谁干的？"

"是和我打架的人干的。"

"他在哪？"

"应该是回家了。"

我敢肯定，这就是因为他是东南亚人，那些人就无视并殴打了他。我真是受够了，那群浑蛋。

"你知道他家在哪儿吗？"

"我不知道。"

"以后不要一个人去了。"

"今天是个人战，应该是不能两个人上去的吧？"

"什么？"

"我今天有一场自由搏击比赛，原本是可以打到第二场的，没想到第一场就遇到了强劲的对手。"

自由搏击？看起来如此天真单纯的人怎么会去做这个？

"别平白去那里挨打了，好好在教会待着就行了。"

"主要是第一个对手太厉害了。"

"厉害什么呀，自由搏击是可以手脚并用的，直接打不就行了。"

"哈哈哈，那你要不要和我一起去试试？"

就这样，我跟着他一起去了一个破旧的自由搏击体育馆，馆内的招牌上写着"自由搏击"的字样。

屎洙说我这一次终于做出了正确的选择，甚至宽宏大量地为我免去了晚自习。最近的屎洙看起来真的没那么讨厌了，倒是父亲的反应出乎了我的意料。

"你以为我送你到首尔来是为了让你来打架的吗？"

"这不是打架，是体育运动。"

"对，我也认为跳舞是种艺术，但人们只当我是个笑话。这就是这个世道！"

"不管这世上的人怎么看，爸爸您不还是在跳舞吗？"

"难道你没有看到，不论我多么努力，这个世界都不会有人接受我，我唯一能跟人们交流的东西就是舞蹈。四肢健全的人干点什么不好，偏偏要去打架……"

"可是，您跟别人在一起的时候，似乎也相处得不怎么样。"

啪！

爸爸给了我一记耳光。

"要是爸爸您的身体和我一样的话……就一定不会选择去跳舞吗？"

啪!

爸爸又给了我一记耳光。我料想到他会这样做，所以并没有躲开。

"在我看来，就是因为爸爸您跳那种舞，大家才更不接受你的。"

啪! 啪! 啪!

我被打得脸颊发麻，叔叔先替我哭了起来。

"跳哪种舞?！你这个浑蛋。"

爸爸踹开大门走了出去。

不一会儿，巷子里就传来了汽车发动的声音。

坐在书桌前的小说家，并不是我的梦想，那是爸爸的梦想。众所周知，我连小说的"小"字都写得不利索，一些偶尔能见到的字，在我看来也有些陌生。对不起，爸爸。我并不是什么天生的小说家，我对那个并不感兴趣。

"停，停! 暂停! "

馆长终止了比赛。

"你身体这么好，真的没有尝试过其他的运动吗？"

"没有。"

"你对自己的对手，连一点基本的礼仪都没有。"

"……"

"体育运动和打架不同，它们之间仿佛只有一线之隔，如果你没有超越这一线的差异，你就只是个打群架的混混而已，明白了吗？你小子，怎么还愣着？难不成你还是想要打死人才罢手吗？"

哈桑摇了摇头，因为是他把我带到这里来的，所以不得不做我的训练对手。

"哈桑，你怎么带了个流氓一样的家伙过来？"

哈桑没说话只是笑了笑。要是他再靠近一点，我就能够击倒他了，真是可惜。

这几个月我不得不先从基本功练起，从几乎要掰断小腿的拉伸开始，我拼命地练习起提肘防御、圆圈步、直拳、格挡等基本动作。我原本以为自由搏击就是打来打去，没想到这是一项非常谨慎的运动，要遵守很多的规则。我必须要按照馆长的指示进行专业系统的训练，因为这是一项需要正规训练的体育项目……虽然我心里还是有些顾虑，但自由搏击还算是一项值得我去尝试一下的运动。

　　俊浩转学了。自从漫画那件事情发生之后，虽然男生们当时嘴上说得难听，但过去就过去了，没有人继续说了。但女生们不是这样的，她们不断地提起俊浩的漫画然后孤立他。那些看过漫画的学生都说俊浩画得很好。我也看过很多那样的漫画和照片，这种东西到处都是，服务生哥哥们和乐队的大叔们看到后都会说"太棒了！""这真是艺术！"等，所以我也并不觉得那种漫画有什么奇怪的。当然，我也并不觉得这种东西很酷或者是艺术品什么的。只是不管怎么说，应该没有谁从没看过这种东西吧。肯定还有人写这类的小说，也有一些人画这种漫画，只不过做这些事情的主人公并不是我们班的学生而已。在那件事情发生之后，俊浩的名字就被贴上了"低级趣味"的标签，可俊浩他真的是个"低级趣味"的人吗？这傻小子，怎么就被人给发现了呢？倘若有一天俊浩成了知名的成人漫画家的话，我一定要出钱买一本他的作品，而绝不是去借阅。

　　现在被大家孤立的人换成了郑允荷。俊浩转学之后便摘掉了"低级趣味"的标签，可现在这个标签则原封不动地落在了郑允荷的头上。

"是啊,我听说他们两个是那种关系。"

"就是因为自己做过那种事情,所以俊浩才会那样画的吧。"

"学习再好品行不端又有什么用。"

还有传闻说郑允荷可能去过酒吧陪酒之类的。有些人甚至真的相信了这种传闻,那就是白痴赫洙。

"我看郑允荷完全就是在装模作样。怪不得她的手机型号和通讯套餐一直都是最新的,看样子是找了一个可靠的金主呢。"

过去经常和郑允荷一起玩的女孩们现在也不和她在一起了,她们不希望自己被当作郑允荷的同类,所以我就成了唯一一个被她打扰的人。我原本是要去训练的,但她总是跟着我说有话要对我说,再一个人自言自语之后消失。今天也是如此,我当初真是不该带她来这个教堂。

"我也想转学。"

"我就知道你会走。"

"可班主任他不让我走。"

"屎洙?"

"你怎么能叫你叔叔屎洙呢?"

"什么？"

"不是之前赫洙跟同学说的嘛。"

"啊，你说那个……当时赫洙那家伙……"

"班主任也是这么说的，他说你是他侄子。"

屎洙他真是疯了。

"他让我别转学。他说即便不做任何解释，只要默默地坚持下去就能够解开误会。但如果我带着误会离开，那么其他人到死都会记得这件事情。"

"只要说句话不就能解开了。"

"该怎么向他们证明我没有做过呢？随便在路上抓住一个大叔说我们不是那种关系吗？相比起证明自己做过的事情，要证明自己没做过才更难。"

"是吗？"

"以前我是为了考大学而学习的，现在学习则是想要证明自己不是她们所说的那种人。"

"那就继续吧。"

"他们……甚至去了补习班都要对我说三道四的。他们看到的只是俊浩随手画的漫画，我又确实和俊浩交往过，所以他们就偷偷拿这个来说事。要是我说我没做过，他们就会说你不是和俊浩交往过吗？那不就对了。他们说是什么就是什么吧。其他事情也都是这样的，他们就是单纯地想用言语攻击我而已。"

"那就不要再去补习班了。"

"我已经从补习班退学了。"

"那你不是拿不到第一名了。"

"我会拼命学习的，绝不会将第一名让出去。我就是这样越挫越勇。"

"真是有点倒霉。"

"你说谁？"

"你。"

"为什么？"

"我也不知道。"

郑允荷又哭了，还是那块手帕又擦眼泪又擦鼻子的。我真是越看越觉得有点脏，她真应该随身带点纸巾。但不论怎样，我还是有意无意地祈祷着。希望她不要再叫我来这里了，我不喜欢这个阴沉的教堂。而且我最近还在做训练，有生以来我第一次做自己想要做的事情，所以现在这种情况，实在是让我头疼。求求您救救她吧，她还在成长就不要这样折磨她了。我相信您！以圣洁又万能的上帝的名义，阿门。

"你们姐妹俩最近经常过来啊。"

是哈桑。总是这样忽然出现很有意思吗？

"万得姐妹，你今天没去训练吗？"

"我现在就准备去。不过你还是问问其他人吧，教会里面男人和男人之间也会互称姐妹吗？听起来真是肉麻啊。"

我们走出了教堂。

我因为要去体育馆，所以和郑允荷一起沿着小河走了下来。

"跟你说话让我感到很舒服。"

真是要疯了，我也不能把她扔到小河里去。

"我得去体育馆了。"

"你周末也要去训练啊。"

"快走吧。"

我嗖的一下蹿进了体育馆。

我练习自由搏击整整三个月了，现在已经初步掌握了移动躲闪和下潜躲闪的技巧。在自由搏击这项运动中，如果不想挨打就必须努力练习躲闪的技术。虽说被击中也是一种战术，但只要闪避及时，不被击打或许才是最好的招式。至少我是这么认为的。我进步之快让哈桑都感到惊讶，可直到现在，馆长却还是只会表情僵硬地看着我。所以我扬言想要和哈桑再比一场，我想要赢得这场胜利。

不过……我现在真是后悔得要死。我现在已经分不清向我袭来的到底是脚还是拳头了。这时候不论是移动躲闪还是下潜躲闪全都派不上用场，因为如果想要实施这些技能，身体就必须要有活动的空间。可我现在被逼得连连后退，除了基本的防守之外，好不容易挥出一拳，也只不过是在空气中挥一挥罢了。哈桑的中踢腿和高踢腿连连命中我，护具在此刻仿佛都失去了作用。那感觉不是疼痛而是烫，滚烫的感觉立马席卷全身，我感到呼吸困难，视线也变得模糊了起来。该死，我是不会输掉这场比赛的，我拼尽最后的力气向哈桑扑了过去，抓住他的脚脖子将其扑倒，可他却马上像弹簧一样跳了起来，用手臂套住我的脖子将我压在了身下。

"放手！"

"哎哟，冷静点。"

一瞬间哈桑已经将我紧紧地按在了地上。

这时我才清醒过来，发现自己只是在比赛而不是在打架。

"好疼，放开我。"

"不打了吗？"

"是。"

"哈桑，放开那个家伙。万得，你给我下来。"

我在哈桑的搀扶下走下了拳击台。

"站稳了。"

我很想站稳，但身体不由自主地晃动着。

"我叫你站稳了！"

我的五脏六腑现在全都扭在了一起，用力撑起肚子才勉勉强强摆好了姿势。

"我不知道在那种打一拳就跑的斗殴中，你这种打法能不能赢。但如果你在拳击场上做出这样的举动，你就会直接失去比赛资格。知道了吗？站好！"

啪！

馆长忽然打了我一巴掌。

"这一记叫耳光。"

馆长戴上了手套。

砰！砰！

这是两次简短又迅速的击打，一拳打在我的胸口上，一拳落在我的下巴上。打得我的脸嗖的一下转向一旁。

"这是刺拳！"

啪！

这一次，他狠狠地踢了我一脚。

"这个是殴打！"

砰！

馆长的脚深深地"插"进了我的腹部，我蜷缩着跪倒在了地上。

"这是正踢腿，知道了吗！你怎么一进入拳击场就变成了个打手？你是在替黑社会工作吗？"

同一个部位被打了两次。对我来说挨打就是挨打，没有什么区别，不管是斗殴还是体育运动，在我看来都差不多，可馆长却说这不一样。单纯地击打对方，并让对方遭到伤害，这被称为体育运动。真逗，这算什么？那我打的时候不生气，是不是就没事儿了？他还问我是不是跟着黑社会工作？是啊，这话确实没错。我当时也不知道教我打架的那些大叔是做什么的，长大后才发现他们就是黑社会。

哎哟，打拳的时候是没有机会休息的。因为当你的拳头歇下来，别人的拳头就会打向你。不，不对，不能像那样耍帅似的挥拳，那种打法就个花架子。不是那样噗噗噗的，要对准下巴用力一击，像是要打断他的脖子一样。没错，等对方的腿伸过来的时候，就这样一把抓住，然后转过来给他扭断。哎哟，你抓小腿怎么扭得断啊，要抓住脚腕这里，扭断他的脚，这样他就不能走路了。打架哪有什么卑鄙不卑鄙的，要先赢了再说。对，小子，干得不错。

这都是当时是在后台休息室无聊的时候，那些觉得我可爱的安保叔叔们教我的。

"脚步要精准，准确地踏出去之后打出一记直拳！你的基本功不对，基本功。"

我站在沙袋前。

一二，一二三，二一二，一二一二，一二三四……面对晃动的沙袋，我不停地打出勾拳和上勾拳。这该死的自由搏击，我一定会坚持到底的。

啪！

馆长猛地打了一下我的后脑勺。

"谁让你打勾拳的，先练好你的基本功。"

"是。"

哈桑咯咯地笑了起来。

要是在疼痛的地方都贴上膏药的话，我说不定会被裹成个木乃伊。就连上楼梯的时候我的腿都在不停地颤抖。我忽然有点明白爸爸为什么不让我练自由搏击了，但我真的很喜欢它。它让我真切地感到自己还活着，我有一种预感——"自由搏击选手"这个标签会在我身上贴很久很久。

门口放着一个用包袱皮包裹着的大饭盒，我赶忙解开来看了看。

没等到你，所以就走了。

小菜别剩下，请吃掉吧。

"那位"又来过了。她明明知道我每天都回来得很晚，却还是来这里等着。而且她和我说话还是在用敬语。我拿着饭盒向屋内走去。

Chapter 8

被抓走了

现在每周六周日，我都要去烤猪排店里打工，这份工作是屎洙介绍我的。虽然会有一些尴尬，但我还是会去打工赚钱。因为直到现在，爸爸仍旧反对我练自由搏击，我也就不能问他要体育馆的学费。而我现在在体育馆，依旧逃脱不了挨打的命运。

很显然，周六和周日应该是被韩国定为了"烤猪排日"，在这一天要是不吃烤猪排的话就会被罚款。不然很难解释，为什么会有这么多人为了吃烤猪排，宁愿饿着肚子也要拿着号码牌苦苦等待。当然，客人们吃饭的速度也

很快。入座，摆好小菜，端上炭火，放上烤盘，烤肉，开吃。这一系列的动作仿佛就发生在一瞬间，至于烤肉的成色……也不需要有太多的期待。与其说肉是被烤熟的，不如说它们都被烧焦了。一切结束再吃两口赠送的冷面后，他们就结账走人了。学生们都聚在门口放冰激凌的冰柜前，大人们则是堆在自助咖啡机前。学生们因为舀不出冰激凌而烦躁，大人们生气的原因则是，自己没有将之前的咖啡倒掉，就又急匆匆地按下了启动键，导致咖啡全都溢出来流在了地面上。我的工作就是将已经舀空的冰激凌桶替换成新的，以及擦掉那些洒在地面上的咖啡。就这样不停地搬运和清扫，等回到家时我已经是筋疲力尽了。可尽管如此，屎洙却还是闹着说我连块肉都不给他带回来，我真是想拿把木炭把他烧了算了。

"看看这位伟大的自由搏击选手，还不起来，臭小子！"

我猛地抬起头来看着屎洙。

"你小子要是像赫洙一样，装模作样地看书也行，不学习也起码表现出一点诚意吧。你这家伙就这么光明正大地趴着睡觉吗？"

听到同学们的笑声，正在打瞌睡的赫洙也睁开了眼睛。

"赫洙和万得，你俩应该讨厌死我了吧？就算是上了高二，我也还是你们的班主任，臭小子们。"

看来屎洙明年是要教高二了。我这段时间实在是太忙了，都没有时间去教堂……

咚，咚，咚。

有人敲了敲教室的前门，屎洙朝门口看了看没有应答。

一个男人推开了教室门，他的身后还站着另一个男人。

"您是李东洙老师吧？"

"我是。"

"请出来一下。"

"有什么事吗？"

"这里有学生，请您出来一下。"

班里忽然喧闹了起来。

"安静点，你们这些家伙。在我回来之前你们就先上自习。"

屎洙就这样离开了教室，可之后再也没有回来。

屎洙他已经四天没来学校也没有回家了，对于每天晚上都被"速食米饭"和"万得"骚扰的前楼大叔来说，这确实是一件好事。

"班主任他最近出了什么事情吗？"

赫洙跑过来问我。

"我怎么知道。"

"他不是你叔叔吗？"

"那个……好吧，就当他是吧。但是我不知道他怎么了。"

"我听说和非法滞留劳动者有关？"

"你从哪里听来的？"

"具体情况我也说不清楚……"

"你从哪儿听来的！"

"我妈妈她不是母亲会的运营委员嘛，小子。"

"所以他发生什么事情了？"

"我也不知道，就因为不知道才来问你的啊。我听说他被拘留了？"

"什么？"

我走出教室，然后径直向教堂跑去。

"哈桑！哈桑！"

这该死的哈桑，平时总是莫名其妙地冒出来，今天反倒藏得严严实实的。

"哈桑！哈桑！"

"谁在找哈桑？"

一个背着吉他的大学生哥哥忽然出现了。

"哈桑在哪儿？"

"他出去了，怎么了？"

"我想找找我的老师，老师他也经常来这个教会，我听说他被带到警察局去了……"

"你在找李东洙老师吗？"

"就是他。"

"他们两个一起去了。"

"去哪里了？"

"警察局。"

"哪个警察局？"

"南部。"

"他们为什么被抓走了？"

"我也不太清楚，好像是被人给举报了，应该马上就会回来的。"

"你怎么知道他们马上就会回来？"

"因为他们是无辜的人啊。别担心，快回去吧。"

"好的。"

我走出了教堂，留下身后满脸笑意的哥哥。

说起屎洙，在他总是掺和别人家的事情时，我就看出他会出事，就像是打牌看到别人串通一气出老千一样。可总是喊着"姐妹姐妹"突然出现的哈桑又是为什么被抓的呢？不像老师的老师屎洙和傻乎乎的哈桑，他们就像是练级时点错了天赋点的游戏角色，是同等级角色中能力最低的失败者。可他们又不能像玩游戏一样删除存档重新来过。我的心里十分不安，屎洙他看起来就是有罪的，甚至我都能够数出一些他所犯过的罪行。大概除了我，他还伤害了其他什么人。可哈桑又犯了什么错呢？难道他只是长相单纯，实则是和屎洙一样的人吗？那些喜欢玩弄别人、在别人的心里钉钉子的人都该被抓走。看来是我的祷告逐渐生效了，只是这生效的方式有些奇怪……

我推开体育馆的大门走了进去。

"怎么这几天都没看到哈桑呢？他出什么事情了吗？"

"他被抓走了。"

"被抓到哪里去了？"

馆长一边缝补着看起来早该丢掉的破洞梨球[1]，一边问道。

"警察局。"

"哈桑他是非法滞留者吗？应该不是吧，我哪天得去看看他。拿着。"

馆长将缝补好的梨球丢给了我，我将梨球挂上支架后便躺在了哑铃架上做起准备运动来。

体育馆原本就破旧不堪，又没有什么学员，所以今天看起来更加破败空荡了。我来体育馆已经6个多月了，还是头一回看到它如此凄凉的样子。

"你是举着哑铃还是被吊在上面来？"

我放下哑铃抬头看着馆长。

"起来吧，让我看看你踢腿。我都这个年纪了，还得给你当肉垫。"

我从哑铃台上站起来向馆长走去。

"啊哈，今天真是疯狂。把护具给我拿过来！"

"哦！"

我赶忙跑去拿着护具爬上了拳击台。

---

[1] 梨球：形像梨，故名梨球。可以脚踢也可以拳打。如果弹性比较大还可以练习反应。

我对着年长的馆长一阵猛踢。

"再来，再来，精准地将腿放在低处，然后用力踢出。"

我又做了一个低踢腿。

"再来。"

"再来。"

"再来。"

哎哟，嗬!

"暂停。"

几乎是在同一瞬间。就在馆长喊停的同时，他沉甸甸的小腿踢在了我的肋下，顿时疼得我喘不过气来。这个奸诈狡猾的馆长，他一定是趁我不在的时候偷偷地做了一些秘密训练。

"我和你说过，如果你错误地使用脚背来发力的话，你的骨头就会被击碎。准确地说是要用小腿来使劲。在任何情况下都不能打破你身体的重心，你需要快速且准确地判断，瞄准对方的破绽，砰！除非你戒掉那些打架的习惯，否则你永远也没法站上擂台。"

我明明没打过几次架，怎么就养成了这么多打架的习惯呢？我只是偶尔身体不受控制罢了。每次在店里看到那些大叔们打架时的样子，明白打架只要倒下就完了的道理。是这种想法转移到我的身体上了吗？可不管怎么说，我认为打架就是该赢的，而且我觉得体育也是一项必须要赢的运动。非要让我改掉想要获胜的习惯，哪有这样的运动项目啊。

　　回家的路上我顺便去教堂转了一圈。休息所那盏总是亮着的灯这几天都关着，

　　过去它总是开到深夜。教堂也似乎失去了以往的活力，甚至连建筑物看起来都无精打采起来，那倾斜的屋顶就像是一双耷拉下来的肩膀。

　　我一夜都没睡好。屎洙被抓进看守所的事情不断地在我的脑海中浮现，他到底闯了什么祸呢？虽然教会的哥哥说没什么事情，可既然被抓到看守所的话，肯定是犯了什么罪。他说是在南部，我要不要亲自过去问问？可一个人去有点尴尬，叫赫洙和我一起去吗？不行，赫洙的母亲是母亲会的运营委员。郑允荷的话……好吧，就叫郑允荷一起。

　　一下课我就喊了郑允荷。

　　"郑允荷，你过来一下。"

"怎么了？"

"我找你有点事……"

同学们都偷偷地看向了我。

我先一步离开了教室，郑允荷也跟着走了出来。

"我们一起去看看屎洙吧。"

"班主任？班主任在哪儿？"

"警察局。"

"天啊，为什么？"

"我也不知道。"

"但是我们为什么要去那里？"

"反正今天天气也挺好的，又是星期六。"

"那你现在是在约我出去吗？"

"就当是吧。"

这孩子真是怪讨人厌的。

"为什么偏偏是警察局呢？好啊，走吧。"

郑允荷欣然答应了我的邀请。

"看看这是谁啊，这不是我们班的第一名和最后一名吗！"

我不由得看向了探视室的警察，一不小心就和他对视了。虽然我也不是什么好学生，但绝对不是最后一名。那个警察肯定记住我是最后一名了，真不该来这里。

"老师您怎么在这里啊？"

郑允荷的语气很平静。虽然我不期待她会在这里大哭一场，但我觉得她至少会做出一副可怜的表情。

"不是警察把我带过来的嘛。"

"所以我的意思是警察为什么会带您来这里。"

"我也不知道，反正很快就会出去的。"

"您怎么知道马上就能出来？"

"你就当是这样吧，快走吧。学生在这里待久了不好。"

"好。"

屎洙在里面站了起来，郑允荷和我也站了起来。

"喂，万得！"

"是。"

"你是允荷的保镖吗？小子，你就这么悄悄地来，又悄悄地走啊。"

"……"

"你什么话都不说，来这里是想拿一些免费食物吗？"

"什么？"

　　"作为学生，看到你的老师在这里受苦，什么话也不说？好吧，快走吧。"

　　屎洙走出了探视室。看他的样子还好好的，应该过得还不错。

　　"我们现在去哪？"郑允荷问道。

　　"我要去做兼职了，再见。"

　　"什么？"

　　"为了来看屎洙，我都要迟到了。"

　　"真是无语，好吧，再见！"

　　郑允荷大喊着跑走了。这孩子真是奇奇怪怪的。

Chapter 9

躲不开的雨伞

"再怎么样他也是老师，应该去看看他。"

"爸爸您自己去吧。"

"你这家伙……"

爸爸举着一块硕大的豆腐瞪着我。

在我去看守所探视后的第三天，屎洙就回来了。也就是说，他在看守所待了一个星期，但再怎么说也不能让我半夜拿着豆腐过去吧。可我还是顺从地穿上了鞋子，很奇怪，自从那次争吵过后，我就没法再拒绝爸爸的要求了。

"一、一起去。"

叔叔也赶忙穿上鞋子和我们一起出了门。

我家的提科几乎把这条狭窄的小巷给塞满了。

"老师……"

房子里没有一点声音。

"看样子他不在家，我们还是走吧。"

父亲瞥了我一眼，又接着喊了起来。

"李老师！李老师！"

我总感觉前楼的大叔会突然冲出来大喊一声"浑蛋！"，但幸好他今天没有出来。屎洙给我们开了门。

"万得爸爸，您什么时候回来的？"

"我也是刚刚回来，我给您带点这个过来。"

父亲将豆腐递给了他。

"我正好饿了，真是太好了，快请进。"

我们都被屎洙请进了家里。

房间的大小和我家没什么区别。除了那些极其违和的、从右侧墙壁延伸至天花板的书籍之外。你又不读，装什么样子……

"原本应该配着泡菜一起吃的，但家里没有了，您就这样直接吃吧。"

屎洙狼吞虎咽地吃了一大块豆腐。父亲拿出了和豆腐一起买来的烧酒和鱿鱼，又拿出了几个小纸杯。

"老师您怎么会遇到这样的事情？"爸爸边斟酒边说道。

"因为我举报了一个心肠恶毒的老人。"

屎洙拿起杯子将烧酒一饮而尽。叔叔像倒香油一样，一点一点往屎洙的杯子里倒着酒。

"我不太明白老师您说的……"

"他们抓住了那些外国劳动者的弱点，以此为要挟随意地使唤他们。"

"您是说那些非法滞留者吗？"

"虽然他们有些人是故意非法滞留在这里的，但也有一些人是被骗了，被迫变成非法滞留人员的，那些人还威胁说要将他们驱逐出境。"

"但是，如果您举报了的话，那些务工人员是不是就会被驱逐出境啊？"

"一旦发生了那种事情，我就会先带他们到教会去。而且为了避免这种情况的发生，我们做事情也非常地小心。现在这种践踏劳动者人权的事情实在是太多了，他们私自扣押劳动者的赔偿金，让工人们自己支付医疗费用。就算是工人们被切掉了手指，他们都不会给好好地治疗。

这些治疗费用，在那些劳动者的家乡，足以让他们的家人维持一年的生计。"

践踏人权？喂，李东洙老师。您还是不要只担心外国劳动者了吧，您先别践踏我的人权了。动不动就对学生说什么黑社会、小子、笨蛋，还随意暴露学生的私生活。这种人居然对外国劳动者这么好！

"我认识的人里，也有故意离开工作岗位的……"

"确实很多。有很多人明知道他们非法的身份还雇佣他们，拼命地使唤他们。我们只帮助那些想要努力生活的人，如果是那些对正直的雇主实施欺诈行为的人，一旦他们造成了不好的后果，我们也会强制驱逐他们出境的。我们的工作并不会偏向哪一方。"

"老师您所在的地方是什么组织吗？"

"没有什么组织，只是一些志同道合的人，根据实际情况来行动的。没有团体。志同道合的人之间会根据情况来行动。这次我惹了个'大麻烦'，他们也马上进行了反击。即便是这样，我们也已经掌握了所有的证据，抓我也没什么用了。"

"我，我被抓过……"叔叔看着屎洙说道。

"你是外国人吗？什么时候被抓的？"爸爸突然慌张

了起来。

"被、被、被卡车抓、抓住了。"

"被卡车卡住了？"屎洙问父亲。

"有时候在市场内找不到摆摊的位置，就会被摊贩管制组给带走。"

嗯，我见过。我见过一个小贩在红绿灯前卖东西被抓，而不得不和摊贩管制组扭打在一起的场景；也见过一位老奶奶在雨中卖菜，尽管她知道那些蔬菜全部卖掉也挣不了几个钱；还见过那些动辄出现在夜总会的管制组，会像对待犯人那样将爸爸"钉"在墙上。所以现在我也能够想象到，父亲因为地摊贩管制组，而被"钉"在墙上的样子。我叔叔的脑子一次只能处理一件事情，所以每次遇到这种情况时，他只会记得这些物品都是我们的。所以每次被打或是被抢走东西的时候，他的嘴里还会喊着：我，我，我们的东西。

"看样子那边的摊位很难找吧？"

"大一点的场子一般是一人一个摊位，但那些好一些的位置差不多都会被熟人给占走。"

"原来在市场卖货也要攀关系啊。"

"关，关系，最近，不，不卖啊……"

屎洙和父亲同时咯咯地笑了起来，这就是叔叔的魅力啊。

"那个，他妈妈，不知道会不会有什么不方便的地方？"

"万得的母亲并不是非法滞留者，她和万得父亲结婚的时候就取得了身份证，她也帮了我们不少忙。"

"那真是万幸。"

"她经常来这里吗？"

"从碗柜里不断增加的餐具来看，应该是来过了。"

"是的。"

"哈桑他怎么样了？"

我打断了他们的对话。

"哈桑？他被驱逐出境了。虽然我也想帮他，毕竟是生活在一起的……"

原来哈桑他是雇主雇佣的探子，他的工作就是找出像屎洙这样告发不良雇主的人。作为韩国人，屎洙在解救被黑心老板剥削的外国人，而作为外国人的哈桑却在为那些黑心韩国老板工作，替他们找到帮助自己"同胞"的人。作为代价，哈桑被强制驱逐出境，屎洙则是被抓去了看守所。

"如果老师您一直和那些人在一起的话，会不会又被抓走啊？"

"跟外国劳动者待在一起是违法的吗？"屎洙咯咯地笑着说道，我也不知道这有什么好笑的。这扭曲的笑容背后似乎隐藏着什么东西。我很想问问那是什么，但还是没有问。也许不问是对的。

"不过，那个教堂不会是个山寨的吧？"

"不是山寨的，小子！"

不管我怎么祈祷也不听，不是山寨的又是什么啊。

"我先走了，你们待一会就回来吧。"

我站在屎洙家的屋顶上环顾着整个街区，这附近立着很多的十字架，我还看到了屎洙那间教堂的十字架。要是他们做得好的话，这个街区的十字架会比房子更多了吧。

"你们这帮家伙，是进入某种疯狂学习的模式了吗？"

屎洙回来了。

"哇！"

现场响起了巨大的欢呼声，这些学生们什么时候开始这么喜欢屎洙了？

"我这该死的人气啊，想得到我签名的人，晚自习时间单独来找我。我会缩短来找我签名人的缓期执行时间。"

学生们拍着桌子笑着，整个教室里乱哄哄的。不知怎么的，我总觉得前面班级的老师会突然蹿出来说"这是哪个浑蛋的教室"。

"离你们考试没剩几天了吧，这次考试的成绩也要算进总成绩里的，你们自己看着办吧。还有不要在美术或者体育课上明目张胆地学习其他科目啊，那些老师也是拼命学习才考进学校里来的，知道了吗？"

"是！"

"这回答……"

屎洙走出了教室。

"班主任都被抓去过看守所了，他是有什么靠山还能回到学校啊？"

是赫洙。

"我怎么知道。"

"他是你叔叔，你不知道，还有谁知道？"

"我叔叔现在正在卖老花镜呢！"

"喂，老花镜和看守所有什么关系啊？"

我瞪了一眼赫洙，然后就趴在了桌子上。

馆长告诉过我，打架和体育运动是不一样的。他告诉我要尊重对手，有礼貌地进行比赛。如果违反了这个规定，即便是赢了，余生也要像个罪人一样活着。我很讨厌打架，要不是那些人嘲笑我父亲是个侏儒，我是不会去和他们打架的。对我来说那并不是在打架，是因为对方用言语触碰了我内心所守护的东西，而我无法用语言对他做同样的事情，所以选择用手脚去触碰他而已。伤口愈合后，对方可以再次奔跑，可我的内心却一次次地被那些滚烫的言语击打着。不是说赢就能赢，是赢得了才赢的啊。馆长他也是挺会摆架子的。

我刚来这里的时候，体育馆里还有三四个人和我一起训练，最近就只剩下我一个人训练到深夜了。对于不喜欢喧闹的我来说，这倒是件值得庆幸的事情，可馆长的脸色看起来就没那么好了。

"哈桑啊，快把这个想要当流氓的人带回你的国家吧……"

我没有告诉他，哈桑是因为在给某些人当探子而被强制驱逐出境的。我只告诉他，哈桑是因为离开了工作地点、非法取得房产等问题被举报，所以才被驱逐出境的。
哈桑，我，还有自由搏击。我真的有点想念那个总是带着
纯真笑容的哈桑。

"你去帮我私下宣传宣传吧。"

"我怎么去私下宣传啊，你看那些被'诱导'过来的
孩子，有几个是能坚持下去的。只有那些自己愿意来的人
才能忍耐得下来。"

"最近有很多体育馆都在教防身术之类的东西。"

"要是像你这样的家伙不到处乱跑的话，他们也不用
去学什么防身术了，少废话，练习去吧。"

馆长将泡面汤放在了炉子上，又是泡面。下次再发速
食米饭的时候，我得给他拿点过来。为什么我的周围除了
真正领救济品的我以外，全是需要投喂的人呢。

"你想不想去参加比赛？"

馆长剔着牙走了过来。

"我吗？这么快？"

"看来你也很了解自己的实力啊。明年2月体育馆有一
场友谊赛，我觉得在参加正式比赛之前，你可以先拿那个
热热身。"

"友谊赛的话就没什么大不了的了。"

"有足够的实力才能这样说。不管怎么样规则就是规则，所以1月份你先进行晋级审核，如果可以的话2月份就去参加比赛吧。"

"好。"

"没多少时间了，好好地发挥你的特长吧。"

"那你快教我点什么，好让我能够活下去吧。"

"啊哈，你这小子。你去办公室里把我的雨伞拿来。"

"为什么要拿雨伞？"

"让你拿你就拿。"

我走进办公室，将那把长得像遮阳伞一样的雨伞拿了出来。

馆长拿到伞后，又确认了一下雨伞是否锁好了。

"努力躲开，动作太慢的话，就会被打到脚背，小心点。开始。"

馆长用尖尖的雨伞，戳起了我的脚背。

"啊，什么呀！"

"什么什么呀，让你躲开。"

我躲避着像缝纫机一样快速落下的雨伞。雨伞就这样一刻不停地打了下来，左边，右边，中间。我是来学习自由搏击的，现在却又让我躲避雨伞。被伞尖击中的脚趾不停地向内蜷缩着。

"慢点！"

"那你有点慢啊，小子。步伐变慢的话一切就结束了。"

真不知道从什么时候开始，躲避雨伞的技能也加入了自由搏击的技术中。

"慢了，慢了。"

我最终体力不支地倒在了地上，我的胸口发紧，小腿肌肉僵硬，再也站不起来了。

"连雨伞都躲不开的家伙……"

馆长将雨伞像宝剑一样帅气地别在腰间，走进了办公室。

我还是第一次为了躲避雨伞而唱歌。

我的脚背和脚趾全都肿了，走起路来非常辛苦，连鞋子都穿不进去。我只能把鞋子脱了光脚走在地上，好在现在是晚上，没人看得见，即便是被人看到了也没办法。光脚走路其实也不错，已经到秋天了，地面也跟着变凉了。也算是"因祸得福"，踩在冰凉的地板上，我发热的双脚得以变得凉爽起来。今天天上没有星星，街道上也没有其他人。

    itsuka wa kitto,yeah.

    ashita wa motto,oh.

    ima wa Step by Step,yeah oh.[①]

    一辆大声地播放着东方神起*Step by Step*的送夜宵的摩托车，从我身边飞驰而过。开得究竟有多快呢，他从"itsuka wa kitto"这句时出现，唱到"step by step"时就已经消失了。虽然我不知道他们在唱什么，但歌曲的节奏非常欢快。整条街道再一次安静了下来。我一个人在这个静止的小区中移动着，仿佛整个小区都按下了暂停键，只有我能够穿梭其中。我要去参加比赛了，我能感觉到自己正在一步一步地向前行进着。

    我今天只想放松一下，睡个好觉。可钥匙插进屋塔房的大门后，却没能打开房门。我一转动钥匙，门反被反锁上了。如果是爸爸回来了的话，那提科就应该停在楼

---

① 译者注：原文中是用韩语拼写的日文读音，结合后文男主说自己听不懂歌词，所以这里用罗马拼音拼写出读音。

下……屋里一片漆黑，连灯都没有开。是小偷！该死。我今天脚不舒服，很难进行连续击打。所以必须使用强有力的招式一击结束。我将书包轻轻地放在屋顶上，穿上了运动鞋，就在我拉紧鞋带的同时，脚背上传来了一阵刺痛。

我轻轻地打开了房门，大门传来了吱呀的声响，所幸声音并不太大。要是能将门直接踢开就好了，可我家的大门是向外拉动的。所以我必须快速转动把手，让自己像风一样钻进去。

一，二，三！

我快速打开了房门。那家伙没有开灯，就这样呆呆地站在窗前。很好，就像是一个静止的沙袋。我加快步伐迅速拉近了距离，将膝盖深深地顶了上去，又精准地用小腿击打了他的侧面，最后接了一记漂亮的中踢腿，那家伙便踉踉跄跄地

向前栽倒下去。是……是屎洙！

"你这个……没教养的家伙……作为学生竟敢……老，老师……"

屎洙此时已经浑身僵硬，不停地从我的背上往下滑，我不得不一直背着他往外跑。这也是我第一次感觉到原来从屋塔房走到大街上有这么远。不要死！你可千万不要死

啊！不要死！上帝我错了，全都是我的错！求求您救救屎洙吧。仔细想想屎洙他也不是个坏人。我一直生活在一个充满坏人的环境中，既然您迄今为止一直都放过了他，那么这次就再放过他一回吧，请您救救他吧……

一只没有眼力见的猫嗖的一下蹿到了我的面前。

"让开！狗崽子！"

喵！

"那是只猫，小子。"屎洙说道。正巧我们刚刚经过了一个教堂，上帝可能就在那个教堂里面吧。

"你可真够重的。"

"我病得更重，小子。"

我背着屎洙在路上狂奔，风呼啸着吹进我的眼中，使我流下了泪水。屎洙……活下来了。

"班主任又被抓走了？"赫洙说道。

屎洙的肋骨昨晚被我给踢断了，所以今天没法到学校来了。

"他住院了，说是骨头裂了。"

"怎么弄的？"

"练自由搏击练的。"

"他还真是花样百出啊。"

我说的就是这个意思。我今天也不能上晚自习了，我得去看看屎洙。

第3卷

绝不能错过时机，

不要被对方的假动作蒙蔽。

紧接着，

在对方防守的同时我尝试使出一记快速的回旋踢，

被骗了……

Chapter 10

一、二，恰恰恰

一位头发花白的爷爷坐在轮椅上，就待在屎洙的旁边，我看到的那一刻，就打开门准备再出去。

"来都来了，还准备去哪儿？"

屎洙叫住了我。

"我看你有客人。"

"你在旁边坐着。"

屎洙用下巴指了指旁边的空床，示意我去那儿待着。我走过去站在了床边。这是社区医院的双人房，房间很小，整个房间的气氛也是冷清又沉闷。

"我只有你这一个儿子……"

"就是因为只有一个才会这样的。"

"所以你就把自己爸爸的工厂给举报了？"

"那是因为人家本来就已经很可怜了，爸爸您还那么欺负人家。"

"我对待他们都是合法的。"

"你所谓的合法是合法地用避开法律的方式来对待人家吧。"

"……"

"发霉的宿舍、煮得胀鼓鼓的泡面，还有那些劣质的安全装置……"

"很多地方连这些都不提供呢。"

"那还有很多地方提供比这些更好的东西呢，不过，提供这些也是理应如此的。"

"你这个……"

爷爷紧紧地握住了轮椅的轮子。

"爸爸你还记得从越南来的蒂罗姐姐吧？就是那个像家人一样在我们家里做家务的姐姐。啊，为什么，她为了帮我修铅笔盒被切断了手指，你不是就那么把人家给打发走了吗？我，从那时候开始就没再用过铁制的铅笔盒了。"

"我又不是做什么志愿服务的，总不能让已经丧失劳动能力的人一直留在身边吧。"

"哈哈哈，那你起码得给她治疗一下再送走吧。不是吗？你一直使唤她直到她的三根手指都腐烂为止！你以为我不知道吗？我那时候已经上高中了。为什么不给她补偿款？我打听了一下，爸爸你还是那样，你到底为什么只对外国劳动者那样呢？啊！对了。爸爸本来就是个欺凌弱者的人。我总是会忘记这一点。"

"郑司机，郑司机！"爷爷头也不回地喊道。

这时从外面进来了一个西装革履的男人。

"你简直就是天底下最大的不孝子！"

男人推着爷爷坐的轮椅来到了门口。我不小心和爷爷对视了一下，我赶忙转过头移开了视线。爷爷和男人离开了病房。

"哎哟，我要死了。臭小子，等我出去再收拾你。"

屎洙忽然呻吟了起来。

"我问过了，他们说是有轻微的裂痕，轻微的。"

我在屎洙旁的空床上坐了下来。

"谁说的？我可能会死啊，小子。"

"可是你为什么会在别人家里啊？钥匙是从哪里来的？"

"是你爸爸配了一把钥匙给我，让我帮忙照顾照顾你，免得你出什么事儿，小子。"

"所以你是以为我出事了，才去的吗？"

"不是你，是因为我出事了才过去的。"

"发生什么事情了？"

"刚刚那个老头半夜忽然闯进来抓我。"

"他看起来像是老师的爸爸。"

"没错。"

"他看起来身体不是很好的样子。"

"哈哈哈，那个老头子一到走投无路就喜欢坐轮椅。"

屎洙的笑容变得有些苦涩。

"还有司机呢，看起来很有钱啊。"

"是很有钱啊，他继承了我爷爷的全部家产。"

"那老师您也是个有钱人了。"

"怎么，因为我是有钱人所以讨厌我了吗？"

"我本来就不喜欢老师。"

"我知道。"

"那你为什么还总装出一副很穷的样子呢?"

"小子,我可不是装的,我是真的穷。你没看我都住屋塔房了吗?"

"如果我爸爸是个有钱人的话,别说住屋塔房了,就是地下通道我也愿意去住。不论闯了什么祸都有爸爸帮你解决,还有什么好担心的?不管老师您承不承认,不是就是不是!你有那种穷到是从国外嫁过来的母亲吗?会因为太饿,哪怕觉得丢人也不得不拿走救济品吗?"

"小子,你是用嘴练的自由搏击吗?嘴皮子功夫这么厉害。"

"老师您只是在体验贫困而已,体验够了还有一个可靠的地方能够回去,您体验过那种无处可去的贫穷吗?"

"所以你觉得我这种人就应该每天开着奔驰去上班?住在安保设施齐全的宫殿里,每周末去打高尔夫球,从不说脏话?现在像你这样不分青红皂白就骂人的人可真是多啊。"

"那些明明很穷却装成富人的人很令人讨厌对吧?您这种明明有钱却装作穷人的人也令人讨厌。"

"像你这样没有风度又爱装帅的人,也令人讨厌。

说实话你也不了解什么是真正的贫穷。你的爸爸虽然不能让你享受荣华富贵，但他让你饿过肚子吗？你没有资格骂我，小子。这种让你觉得丢脸的穷是真的穷吗？今天能够多带一个速食米饭回家都高兴得不得了，那才是真正的贫穷。有些家庭一碗速食米饭三四个人一起分着吃！还有，你来探病连个桃子都不买，你这个没礼貌的家伙，哎哟，我真是要死了。"

"您不是有个有钱的父亲嘛，为什么让我给你买！"

我从床上站了起来。

"喂，喂，你去哪儿？"

"去训练。"

"去约约会吧，别成天只知道训练，小子。"

"我走了。"

"允荷她好像喜欢你。"

啊，屎洙，我真想确认一下他到底有没有教师资格证。

"是真的，小子！"

"哎呀，真是的！"

"你看她瞪着老师的样子。你呀，这些都是事实，直接说出来心里才能舒服。"

"什么事实?"

"一次,就只用丢脸一次。那些没教养的家伙们总是爱拿别人的弱点来捉弄人,你可以不去理会那些家伙,但那些藏在你心里的事情,只要有人翻出来就会伤害你一次。如果你不想再受伤,就先用你的嘴把它说出来。这样就只用丢脸一次,之后就不会不舒服了。"

"什么!"

"就是那'什么',小子。你这个年纪有什么可丢脸了,等你老了以后才更丢脸呢。快走吧,小子,我困了。"

我头也不回地离开了病房。

你以为我不知道那些明知故犯的人是有多卑鄙吗?你以为我真的不知道,这个世界上到处都是那些拿别人弱点来取乐的浑蛋吗?你以为我不知道大家是如何看待我爸爸的吗?我爸爸他天生残疾,为了练习舞蹈一直练到脚指甲脱落、韧带拉伤,只因为他一直梦想成为一个舞者。可他最终却沦落到在一个落魄的小酒馆里跳舞,成了大家的笑柄……

没错,我从来没有说过爸爸的事情,因为我很清楚,如果我真的说出来,他们便会嘲笑和针对爸爸,而不是我。只要我自己堂堂正正的，这个世界就真的能够变得堂堂正正吗？有谁会在乎其他人呢？这原本就是个被他人"占领"的世界！只有你变成霍金博士那样的人，才不会被人嘲笑，可这世界上像他一样的人只是九牛一毛，我除了笑笑也没有什么其他的办法可以抵抗。

这是一个只有第一名才有特权的世界，而剩下的那些人都只能沉积在谷底……我的爸爸并不想要像霍金博士那样被人爱戴，他只希望自己能够轻轻松松地抓住地铁高处的吊环。我的爸爸就连堂堂正正地提出或是拒绝一些要求都做不到，这些事情需要我用嘴说出来吗？爸爸不早就用他的身体证明过了吗？难道还需要作为儿子的我再去"补一枪"吗？难道让我到处去宣传说自己的爸爸是个残疾人吗？真是该死。要不是因为我踢断了你的肋骨，我才不会去医院看你呢。屎洙这个人，怎么净说一些让人想要揍他一顿的话。

郑允荷她干吗喜欢我啊？哎哟，搞得我心神不宁的，都怪屎洙。在来的路上，我不经意地抬头看见了天空，发现今天的云彩都散开了，挺好看的，我莫名其妙地笑了起来。真搞笑，云彩本来不都团在一起的吗？嘻嘻嘻，一二，一二三，二一二，一二一二，一二三四，一二，恰恰恰恰，三二，恰恰恰。

啪啪，馆长左右开弓，给我的脑袋来了两下。

"那个沙袋看起来像你的女朋友吗？怎么突然跳起舞来了。"

啊……不知不觉就变成这样了。

"有什么好事吗？"

"有什么好事，云彩都散开了。"

"什么？"

"对了，咱们体育馆收女学生吗？"

"你在说些什么啊，不收，小子。继续跳你的舞吧。"

馆长摇摇头走进了办公室。

上勾拳打得不错，勾拳也打得很深。如果我继续保持这种状态的话，估计以后就能够单手举起100公斤的哑铃了。听听看吧？哎哟，我真的有点讨厌郑允荷……哎呀，云彩怎么就散开了，搞得人总是想笑。

"有什么可高兴的，一个劲在这里嘻嘻哈哈的，别笑了，跟我来。"

我脱下手套跟着馆长走了过去。

馆长坐在那台旧电脑前，向我播放起自由搏击比赛的视频。

"看好了，在攻击的同时也要保护好自己的身体。"

这是职业自由搏击比赛的视频。比赛一开始，拳手的小腿踢在对方选手的小腿上，瞬间就断了。真是令人毛骨悚然。

"可以用小腿去踢对方的小腿，但是小腿胫骨骨折的概率非常高，那感觉就像是踢在了一根单杠上。"

云彩消散这件事忽然就没那么可笑了。

"一旦盲目进攻就会发生这样的事情。所以在赛场上一定不能走神，不要被周围的任何事物动摇，脑子里只想着对方的行动和距离，等待时机到来，啪。"

比起先发制人的一记强击，老练地防守更能够消磨对方的精力。只要防守严密总能找到进攻的机会。4条绳索之内，6.4米的四方形空间，每轮3分钟，3轮共计9分钟。一定要确保时间和空间。

"即便是戴了护具，对方击打的强度也是不容小觑的。就算是到了比赛的最后时刻，也一定不要放松警惕。"

"是。"

"有按时吃饭吗？"

"我不吃早饭，午饭和晚饭都吃了。"

"三餐都得吃。喂，喂，别在拳击台上胡闹！"

馆长冲着像职业摔跤选手一样跳上拳击台的中学生们大喊道。他们就是想要用拳头成为学校第一的初中一年级学生世赫和秀宗。

"馆长，我昨天和人单挑的时候，就因为节奏不顺，被对方打得稀里哗啦的。要是我学了这个，打架会变得很厉害吗？"右眼发青的世赫对馆长说道。

"小子，打架哪有什么节奏，直接打就行了。"

"什么？"

世赫一脸无奈地看着馆长。

"拼命打就是了，实在不行抓起什么东西扔过去就好了。打架用点手段不算可耻。"

馆长卷起纸巾离开了体育馆。

"哥，咱们馆长真的是个运动员吗？"世赫问道。

"他是教运动的老师。"

我拍了拍世赫的头，拿起了跳绳。

"啊，该死，看来我是来错地方了……"

世赫扫兴地向秀宗走去。

即便体育馆再穷困，也不能接收这样的孩子。不过也多亏了他们，窗户上自由搏击的字样终于被补齐了，世赫用黑色的记号笔填补了掉落的笔画。

爸爸在跳舞时穿的夹克肩膀上缝了一个新的臂章。

"走吧。"

"一，一起走。"

"什么一起。叫你的时候再去，市场不是你该去的地方。"

"去、去市场。"

"市场……你好好想想，我出去一下。"

爸爸将缝好臂章的夹克挂在了衣架上，然后径自走出了房间。自从我练习自由搏击开始，父亲就不怎么和我对视了。

"爸爸要你去哪里？"

"市、市场。"

"……"

我没有再继续追问，我也不知道父亲为什么忽然对叔叔表现出这么大的"敌意"。大概是因为他们两个之中只有叔叔被邀请去演出了，他那么喜欢跳舞和闪闪发光的舞台，却怎么也不愿意离开爸爸的身边。

十多年前，爸爸正为了宣传新成立的小酒馆，在街头上分发着名片。爸爸的腰上戴着小喇叭和迷你卡式录音机，他一边跳着恰恰舞一边在街上走动。那时年仅二十几岁的叔叔一直跟在爸爸的身后，无论爸爸怎样驱赶他，他都始终模仿着爸爸的舞步跟在后面。一连几天，只要爸爸出去叔叔就会跟在他的身后。最后，爸爸去见了叔叔的奶奶，并将叔叔带在了自己身边。就这样突然出现的叔叔开始跟着爸爸学习跳舞。

叔叔学习其他东西都很慢，但不知怎的，学起舞蹈来却是又快又好。他身体条件好，长相也不错，只是相对于成人而言，他的智力发育相对迟缓。"结巴和矮子"，叔叔和爸爸一直使用这个称号游走于街头。对于叔叔来说，爸爸是唯一不可怕的大人。而且叔叔也是唯一真正将爸爸视为成年人的大人。

有时候我会被这个愚蠢的人搞得心里暖洋洋的，他是永远都会站在爸爸身边的那种人。

我辞掉了烤肉店的兼职。馆长说大赛近在眼前，如果周六和周日也连续工作不休息的话，身体的节奏就会被打乱，所以让我辞职了。但我每天凌晨还是会去送报纸，既能晨练又可以工作，真是个不错的兼职。现在屎洙总是吵着让我偷报纸给他。

"最近有没有什么可看的报纸，花钱买报纸太不划算了，你拿一个给我吧。"

"您就在网上看不就行了。"赫洙说道。

"小子，你上厕所的时候会带着电脑吗？"

"那您就买个笔记本电脑呗。"

"那你给我买个笔记本电脑吧。"

屎洙大获全胜。郑允荷也露出了久违的笑容，她之前好像经常笑，但最近一看到我，她的脸就冷了下来，也不跟我说话了，晚自习也是一丝不苟的。屎洙之前是为了逗我才那么说的吗？

"我邀请郑允荷一起去看电影，但我发现她很不情愿。"成人漫画中郑允荷的"正式情侣"赫洙说道。

"你为什么要和郑允荷看电影？"

"还能为什么，因为她是我的啊。"

赫洙竖起小指说道，白痴。

郑允荷走出了教室，我赶紧拿着包跟在她的身后。

郑允荷向卫生间的方向走去，要是进了女厕所那就完了。

"喂，郑允荷！"

郑允荷停顿了一下回头看向我。叫是叫了，但我该对她说些什么呢。

"怎么了？"

"把你的手机借我用一下。"

"我放在教室里了。"

"是吗？"

郑允荷刚想进卫生间。

"喂！"

郑允荷再次停下了脚步。

"你干吗一直喊我？"

"那你借个硬币给我吧，我要打个电话。"

"不是有很多那种对方付费的电话吗？要我告诉你电话号码吗？"

"原来如此……"

我走出了走廊，郑允荷则走进了卫生间。

不管怎么说，屎洙他好像是撒谎了。什么老师会欺骗自己的学生啊，真是一点都不称职。他这样还不被学校开除，真是神奇。其实我也不喜欢郑允荷，郑允荷她确实应该转学。离比赛没剩多长时间了，我都快担心死了。赫洙他为什么要和郑允荷一起看电影啊？神圣而全能的上帝到底在不在那个教堂里面？我是不是应该进去确认一下？我轻轻地推开教堂的门向里面看去。

"兄弟你来了。"

时隔许久再次来到教堂，没想到仍然有人冒出来。这间教堂的"风水"真是有些奇怪呢。这位叫我兄弟而不是姐妹的人，是之前在这里见过的大学生哥哥。只不过这次他拿着的是《圣经》而不是吉他。

"我是孙斗善传教士。"

"哥，你是传教士吗？"

"我只有在这间教堂的时候才是传教士。"

"什么？"

"这屋顶上有十字架，所以屋里的人也要配套啊。"

他眯着眼睛偷偷地笑着，给了我一个"你懂得"的眼神。这间教堂真是太可疑了，真不知道我该不该举报它。

"哥，你为什么不叫我姐妹？"

"你是女人吗？"

"不是那样的，不，算了。"

"今天是来找谁的？"

"没有，就是随便过来看看，我走了。"

我再次关上教堂的门来到路边。

"学生！学生！"有位老奶奶在一边偷偷地喊道。

"怎么了？"

老奶奶拉着我的胳膊走到了教堂下面。

"学生，不要去那个教堂，那里面有个冒牌货。"

"什么？"

"我搬到了这个社区以后就跟着换了教会。所以我周日就去了那个教堂，没想到里面并没有在做礼拜，那个传教士看起来也像是个学生，还让我自己祈祷。这都是什么嘛，到处不伦不类的。反正你不要去那个教堂，知道了吧？哎哟，上帝圣父啊。"

老奶奶将双手放在胸口，顺着小河向下走去。

我是不是也该搬家了，要是继续在屎洙家周围住下去的话，搞不好会惹上大麻烦。你看看，这不就来了吗？

"那位"正沿着小河向下走来，我仿佛被冻结在原地一般一动不能动。

"这个不用洗的，你怎么都洗了？"

她说的是装小菜的空饭盒，因为我不知道她什么时候会来，所以就把空饭盒放在了家门口。

"谢谢款待。"

"那位"的嘴唇微微地动了一下，笑了起来。她总是这样，大概是觉得自己做错了很多事情，所以连笑都不敢大声。可屎洙就不一样了，他不管做错什么事情都笑得很大声。"那位"还是穿着那双带有粉色流苏的土气短靴。

"我最近都没什么时间吃饭，不用总是给我做吃的了。"

"我听说你在做训练。"

我已经受够了，这个"通讯员"屎洙。

"听说你要去参加比赛？"

"就是玩玩。"

"应该很累吧……"

"是啊。"

"我走了。"

"那位"从我的身边走了过去。

"喂！"

"那位"回头看了看我。

"下次，别和我说敬语了。"

"好的。"

真不知道她是多么想要成为一个有教养的人，才会一直对自己的子女说敬语。

　　来自贫穷国家的人和富裕国家的穷人结婚之后，仍旧过着贫穷的生活。同样都是穷人，只因为父亲生活的国家比她自己的国家更好一些，她就连说话都不敢大声。虽然已经加入了韩国国籍，但仍然被其他韩国人视为外国劳动者的"那位"，做好食物就走了。也不管我是吃了还是扔了的"那位"，现在正沿着小河向下走去。我的体内仿佛有什么东西在动，它在我的体内疯狂地窜动着。大概是因为那双装饰着粉红色流苏的短靴吧。我向着已经走下去的"那位"跑去。

　　"给我吧。"

　　我一把抢过了她手中的饭盒。

　　"那位"瞪大眼睛看着我。

　　"请跟我来。"

　　我率先走进了公交车站前的市场内，我应该带她去更加体面一点的百货商店的，可我的工资还要支付体育馆的费用，所以实在是没办法了。我走进了离我们最近的一家鞋店。

　　"请进来吧。"

　　"……"

"请进来。"

"那位"走进店里四处张望了起来。

"你穿多大码的鞋？"

"我不用了。"

"你穿多大码？"

正在"那位"犹豫不决之时，店主阿姨率先开口了。

"应该是240号吧。"

"那就请您帮我找找240号的皮鞋吧。"

"不！我穿235号。""那位"尴尬地摆了摆手说道。

"请给我看看那种带跟的，不要这种平跟的。"

"她看着像'那边的人'，看起来跟学生似的。"

店主阿姨说她是"那边的人"。

我拿起一双黑色的皮鞋，鞋面上装饰着闪亮的小蝴蝶结，鞋跟看起来应该有7厘米左右吧。

"请穿上试试吧。"

"那位"犹豫了一下。

"说给你买的时候就抓紧机会试试，你的眼光真不错呢，不过你们两位是什么关系？"

店主阿姨一问，"那位"便慌乱地穿上了鞋子。

"正正好呢。"店主阿姨说道。

"那位"将鞋子脱了下来。

"直接穿着走吧。"

"那位"又重新穿上了鞋子。

"不是，你们到底是什么关系啊，怎么她看起来手足无措的。"

店主阿姨带着试探性的表情问道。

"就是……"

"那位"说没什么。

"多少钱？"

我赶紧问了问价钱。

"原价是两万五千韩币，你给两万三就行了。"

我赶忙将两万五千元交给了店主阿姨，然后离开了店铺，多的那两千元就当是小费了。可"那位"又将那两千元拿了回来，脚上还是穿着那双带有粉色流苏的短靴。

"拿着。"

"那位"将两千元钱递到了我的手中，我也将饭盒还给了她。

"谢谢……"

"那位"的下巴微微地颤抖着，眼泪顺着脸颊哗哗地流到了下巴上。

"您做的饭菜有点咸了，我吃不了那么咸的。"

"那位"开心地笑了起来。"那位"拥有一种又哭又笑的能力。她记得爸爸喜欢吃咸的，就以为我也口味很重。可爸爸还没吃过她送来的食物，倒是屎洙吃了不少。她与爸爸似乎隔着很远的距离，站在这条街道上的我，仿佛就存在于那个距离之间。我看着她坐上了公交车，便向体育馆走去。

"馆费。"

我将信封放在办公桌上，然后就跑到了放跳绳的地方。

我正在努力地跳着二段跳，馆长就向我走了过来。

"这次的馆费怎么不够？我会给你记在账上的。"

"好的。"

那能怎么办呢。我身边的人都靠我来养活着。大家就算是掏跳蚤的肝①来吃也要有个分寸吧。怎么全都……我还是再多发点报纸好了。

"跳完绳之后，拿个手套给我。"

---

① 掏跳蚤的肝：韩语的俗语，"跳蚤的肝都掏出来吃"，意思是说不仅帮不上困难的人，还抢走了他手中的东西。

"先放松然后再蓄力。你也不用太过认真了，反正去了都是要输的。"

真扫兴，竟然是让我去输掉比赛。

Chapter 11

难吃的废鸡

"假期一结束你们就要上高二了，趁着这次假期好好地玩一玩吧，别等到了开学再后悔。能够玩得好的家伙，做什么事情都不会差的。当然除了那些随地吐痰、在卫生间里抽烟的人以外。就这些！"

"谢谢您！"

哗啦啦啦！同学们全都推开椅子跑出了教室，郑允荷也在其中，我赶紧跟着她一起走了出去。

"郑允荷，咱俩聊聊吧。"

郑允荷双唇紧闭盯着我看。

"你能留在首尔吗？"

"留在哪儿？"

"你能考上首尔的大学吗？"

"我不打算上大学了。"

"我要考，我一定要考上首尔市内的大学，所以你不要跟我说话。"

这次期末考试，她没考上第一名，我也不知道她的脑子怎么了。

"不上大学就不算是人了吗？别瞧不起别人！"

郑允荷转身向我走了过来。

"真搞笑，明明是你先无视我的。"

"我什么时候无视你了！"

"什么时候？你说什么时候！"

郑允荷突然冲着我喊道。路过的赫洙看向了我们。

"你们怎么在走廊里吵架？你俩是在交往吗？"

"没错，我在和他交往，小子。"郑允荷说完，红着脸跑开了。

"哦，怪不得每天独来独往摆个架子，搞了半天是在和'女神'交往呢？"赫洙拍着我的肩膀说道。

"啊，我漫画中的恋人，跟着万得一起消失了。"

赫洙以一副即将昏倒的姿势跑了出去。啊呜，这个白痴。

我赶紧跟上了郑允荷。

"喂！我什么时候无视你了？"

"一脸真挚地把人带到了看守所，然后告诉我你要走了。自己想做的事情做完了就让我走？真是令人难以置信。"

"那都是什么时候的事情了？"

"不管是什么时候的事情，对我来说都无所谓了，算了。"

郑允荷转身跑了出去，连跑步都跑不好。

我匆忙地跑到了她的面前。

"我不想算了！"

郑允荷瞪了我一眼。

"不愿意又怎样？"

"教堂，那里的传教士换了，我们去教堂吧。"

"你自己去吧！"

郑允荷又跑了起来。跑步的姿势摇摇晃晃的，她真应该去我们体育馆锻炼锻炼。

"那里挺不错的！我们待会儿6点在那见面吧！一定要

去啊！"

今天训练的时候，我全程都在想着郑允荷。马上就快比赛了，这真是让人头疼。我和她确实没什么可说的，那我为什么偏偏要叫她出来呢……要是她没来的话又怎么办呢？她应该会坐公交车来吧。

哎哟，不管了，管她来不来呢。我打开教堂的门走了进去。

郑允荷已经到了，就坐在最前排。看样子是在祈祷，她该不会是……诅咒我吧？我一屁股坐在了她的旁边。

"你来了。"

"不是听你说这里的传教士换了嘛。"

"不过，这是个山寨的教堂。"

"你不是说这里挺不错的吗？"

"和你在一起的时候确实挺不错的。"

说完这句话我自己都吓了一跳，我怎么会说出这么肉麻的话。哼。

"哎哟，你开窍了，居然也会说这种话？"

郑允荷的脸红了起来。

"这里的暖气不太好，咱们出去吧。"

"去哪里？"

"去我们体育馆，那有暖气挺暖和的。"

我从座位上站了起来。

"我说兄弟，你怎么在别人教堂里谈恋爱？"

是屎洙，手里仍旧拿着本《圣经》。

"老师您怎么到这里来了……"郑允荷露出了吃惊的表情。

"我放假期间都在这里当传教士。"

"什么？"

"有什么可惊讶的，小子。你第一次见传教士吗？"

我是第一次见到老师您这样的传教士，我看了一眼墙上已经歪歪斜斜的耶稣像。屎洙竟然是传教士，这教堂到底是个什么鬼地方啊？

"这里是教堂吗？"

"对啊，小子。你看不到十字架吗？还有这里的《圣经》。"

"不是，什么教堂……"

"出去，小子，今天这里有个重要的会议。快走吧，我要锁门了。"

我们稀里糊涂地被屎洙推出了教堂。

屎洙隔着门喊道："允荷啊，你怎么和那种家伙混在一起？你还不如和赫洙在一起呢！"

我过去居然相信这个教堂，还跑来这里祷告。哎哟，呸！呸！呸！

"我们走吧。"

郑允荷咯咯地笑着跑过来了。

"她是谁啊？"

馆长面无表情地看着拿1公斤哑铃都费劲的郑允荷。

"是我们班的同学。"

"可是她为什么在这里？"

"她说她想减肥。"

我一边打着梨球一边说道。我原本想要打出一些气势的，可馆长总是跟我说话，导致我错过了好几次。

"这里是健身房吗？"

"那你让她走好了。"

"小子……"

馆长拍了拍我的头走进了办公室。

"哦？那个姐姐是谁啊？"

为了成为学校的老大，正在努力锻炼肌肉的世赫和秀宗来到了体育馆。看到郑允荷时世赫的眼睛亮了起来。

"姐姐你是谁啊？你也要在这里上课吗？"

"我是万得的朋友，就是过来玩的。"

"呜哇！你是万得哥的朋友吗？该不会是他的女朋友吧？"

郑允荷扑哧一下笑了起来。她笑什么啊。真不该把她带到这里来。

"走吧，郑允荷。馆长，我先送她回去。"

郑允荷跟着我走了出去。

"姐姐！下次再来玩！带点好吃的过来！"

我瞪了一眼那两个家伙。

那两个家伙忽然都拿起哑铃锻炼了起来。

"我还可以再来这边吗？"

"你为什么要来啊？"

"刚刚他们叫我来的啊。"

"别来了，他们都是些坏家伙。"

说完便把她送回了家。但后来，整个假期郑允荷都带着零食跑来体育馆里玩。

屎洙也几乎都待在教堂里。那里的外国劳动者也变得越来越多了。

"您为什么总是做您爸爸不喜欢的事情？"

"那你呢，你爸爸不让你练自由搏击，你为什么还总是去训练？"

"可我不会伤害我的爸爸。"

"我也不会伤害我的爸爸。"

"我有个疑问。"

"什么？"

"您真的是传教士吗？"

"我就是说说而已，你还真的相信了？"

"那您跟我说实话，那里不是真的教堂对吧？"

"那就是个教堂，小子。原来的教堂搬去了更大的地方，我就把那里买下来了。那是我花了所有积蓄买的房子。"

这样说来，它果然不是真的教堂。那只是嘴上喊着穷的屎洙花钱买的教堂，啊不对，是房子。之所以会把十字架立在那里，只不过是为了让外国劳动者有一个舒服的休息地而已。即便是再落后的社区，人们也不喜欢有外国劳工者聚集在那里。只有说那里是教堂才不会有人提出异议。而那个带有十字架的房子，就是伪装成教堂的外国劳动者聚集地。

"你2月份有比赛对吧？"

"是的。"

"你妈妈拿小菜来了吗？"

"嗯。"

"大老远拿来的，全都吃了别浪费。"

都被你吃光了怎么会浪费。

"老师的爸爸，看起来年纪挺大了，您还是好好待他吧。"

"管好你自己吧，小子。还有上次的排骨太硬了，让你妈妈换家肉店吧，我进去了。"

屎洙进屋了。今天的天气真是冷得够呛。

我有经纪人了。并不是我自己要求的，是有一天郑允荷忽然跑来对我说要做我的经纪人，并且明明就没什么力气还想给我当陪练。

"要是我踢你一脚的话，你这会儿就飞走了。让开！"

"那你伸直膝盖踢一下。"

真是没完没了。我伸直膝盖踢了她一脚，因为怕把她给踢飞了，所以也不敢用力踢。

"你是在跟我开玩笑吗？哪有这样踢腿的？比赛没剩多少时间了！"

哈——这次我用力将她给踢飞了。

"呜哇！"

郑允荷摇摇晃晃地退到了后面。

"下去吧。"

"比我想象的要难呢。"

可能是因为手腕疼，郑允荷甩着胳膊走下了拳击台。

馆长笑嘻嘻地爬上来。

"小子，你怎么能这样踢一个女孩子呢？"

"是她先胡闹的。"

"一点风度都没有。先好好热身吧。允荷，你来当裁判。"

世赫站在我这边，秀宗则站在了馆长那边。他俩来代替教练的位置。郑允荷再次走上了拳击台，然后迅速地从头到脚对我们进行了检查。

"开始！"

郑允荷迅速倒计时，然后向后退去。

馆长的速度相当快，面对一连串的刺拳，各种防守技巧都无济于事。即使勉强打出一记上勾拳或是勾拳，也都不过是在空中挥舞了一下，根本没有办法击中馆长。馆长的攻击毫无征兆地向我的面部、腹部、胫骨袭来。我试图退后并踢出一脚进行反击，可馆长的"刺拳"和"踢腿"总是先一步到达。很好，结实的一击。我一定能等到机会的。我继续和他周旋了起来。

"呜——呜。"

秀宗挥舞着手里的毛巾发出嘘声。没关系，只要我踢得够好，那种声音很快就会消失的。

来了！馆长在我的假动作面前犹豫了一下。我将重心放在了大脚趾上，以防自己的脚步晃动。现在我只要转动膝盖，并将它"插"进馆长的腹部，比赛就结束了。可馆长他先我一步转动了起来，我一脚踢在了空中，脚步也瞬间松动了起来。

馆长的低踢瞬间袭来，一记360度的旋转低踢，我感觉大腿像是要断了一样猛地跪了下来。我很想马上站起来，可双腿发软一点力气也使不上。

这是我第一次感受被击中大腿后的窒息感。此刻，一条白色的毛巾掉在了我的面前，是郑允荷，她为什么要乱扔毛巾。

"你没事吧？"

"放开！"

我一点也不好，真是既丢脸又生气。这个老油条馆长到底是什么时候修炼的，他怎么能够踢出这么强的低踢。我疼得趴在地上用额头撞击着地面。

"干得不错，你赢了。"

馆长脱下手套说道。真是无语。

"毕竟你本来就是去输的，提前练习一次输的比赛，所以这一场你算是赢了。"

馆长大笑着走下了拳击台。

我已经迫不及待地想要去那个不知道算是屎洙家还是教堂的地方为馆长祷告了，这次比赛我一定要赢。

"不要只是盯着你想要攻击的部位，还要看着对方的动作。比起出击，能够接住对方的攻击才更厉害，去练练腹肌吧。"

馆长拖着拖鞋走进了办公室。

我休息了一会儿，便走过去躺在了那个带梨球的仰卧起坐的长凳上。

"这么快就要开始训练了？休息一会儿再做吧。"

郑允荷在我的身边蹲了下来。

"我已经休息过了。"

"你的脸色还是很苍白，血液循环好像还是没有恢复好。"

"已经没事了。"

我把脚勾在横杆上开始做仰卧起坐，每起身一次都击打一下悬在上空的梨球。这个与破旧体育馆格格不入的最新式运动器械是屎洙捐赠的。我也不知道他为什么会给体育馆捐款。但是多亏了这个器械，馆长再也没有说过我拖欠馆费的事情了。每次起身我的大腿都疼得厉害。

"大腿很疼吗？我看馆长他踢得不是很重啊。"

"那你去挨一下试试。"

"……"

22、23、24……不管怎么说，大腿还是很难受。

"你应该吃点鳗鱼。"

"什么？"

"我看报纸上说了，李承烨选手都会吃那个。"

"我是棒球选手吗？"

能考到第一名的学生居然连棒球和自由搏击都分不清楚。

"反正你们都是运动员，补身体的东西都差不多吧。"

那拿着棒球棒上拳击台能行吗？33、34。

"你的屁股总是从垫子上掉下来。"

只会用嘴运动的郑允荷真是烦得我头疼。我从器械上站了起来。

"什么呀，运动员就只能做35个吗？"

"我做不了了。"

"你刚刚被打的地方应该很疼吧。"

"疼，疼，疼！哎哟，真是唠叨……让我集中精神吧，集中精神！"

我猛地抢过郑允荷肩膀上的毛巾擦了擦汗，今天的训练真是哪儿哪儿都不对。

"馆长，我走了！"

我走出了体育馆。

"我也走了！"

郑允荷也马上跟着我走了出来。

"你不是要上首尔大学，还是什么首尔的大学吗，每天都来这里能考上吗？"

"别担心，我会自己看着办的。"

其实郑允荷上不上大学都与我无关，可她如果是因为总来体育馆而落榜的话，我心里还是会不舒服的。1月晚上的风依旧带着凉意，它们从蜿蜒的小河中获取了力量，变得又快又"锋利"。顶着这样的寒风一天不落地来体育馆陪我的郑允荷，我真的一点也不喜欢她。我应该感到抱歉吗？说实话我也并不觉得对不起她。虽然她不来的话，我也没有理由讨厌她，但如果她真的不来的话，我应该还是会不开心吧。郑允荷的鼻子冻得通红，我将肩膀上的毛巾围在了她的脖子上，

她的脖子啪的一下缩紧了。

"啊！什么啊，这条毛巾。"

"围巾，公交车来了，快跑！"

"回家以后给大腿做做热敷，然后再做做空拳练习。"

这家伙道听途说的东西还真是多啊。看着郑允荷摇摇晃晃的跑步姿势，我深切地感受到运动果然不是用嘴做的。在看着她坐上公交车后，我也轻松地做起了空拳练习，我一边做一边沿着小河向上走去。其实在路上做空拳练习的感觉并不怎么样，路人的表情会很奇怪，我自己也会觉得有些难为情。但这就像是刚运动没多久时不时就想

秀一下身材的人一样，我之所以会这么做也是因为郑允荷正坐在公交车后排看着我。

　　爸爸的提科停在巷子里，他没说今天会回来……而且"那位"今天好像也要来，我小心翼翼地上了楼。

　　"万、万、万得，万得啊……"

　　叔叔结巴了起来。

　　这么冷的天他还站在屋顶上，我所猜想的事情果然还是发生了。

　　"你怎么没说今天要回来？"

　　叔叔站在紧闭的大门外探头探脑地偷看着。

　　"女、女人来了。"

　　"叔叔你怎么站在外面？"

　　"不、不、不认识的人……"

　　"进去吧，天这么冷。"

　　我向屋内走去，没穿外套就跑出来的叔叔也搓着胳膊跟了过来。

　　"无论多么贫穷，我都希望自己有个值得骄傲的丈夫。"

　　"那位"的声音从屋里传了出来，我忽然有点不太敢开门了。

"这就是我让你走的原因。"

"是我自己离开的。"

"没错，是你离开了。"

"我实在是无法理解，你为什么要跳那种奇怪的舞蹈，过着被人瞧不起的日子。"

"大家都不理解，或者说大家都不愿意去理解。"

"虽然我觉得很对不起万得，但我并没有觉得对不起你。"

"我也一样。"

"我也想要早点来找万得，但你换了房子和工作，我找不到你们，我还以为你会留下联系方式……"

"找什么找，一个人舒舒服服地过日子就行了。我也不喜欢其他人随随便便对待你的方式。"

"你到现在还不明白吗？我是因为你才离开的，和其他人没有关系！随随便便牵着各种女人跳舞，随便什么人都来抚摸你……"

"所以你就丢下宝贝儿子离开了吗？"

"我是觉得，比起语言不通的外国妈妈，他跟着韩国爸爸会更好一些。"

"那你现在再次出现在我们面前又是为什么呢？"

"因为我知道儿子在哪里了。"

"只要生下孩子就算是妈妈吗？"

"我看你也没有好好抚养他啊。"

"你说什么？"

"你知道万得他没有朋友吗？我听说那孩子一直都是自己一个人生活的。你以为偶尔回来一次，给一点零花钱就完事了吗？小孩子一个人吃饭、刷碗、洗衣服。早知道这样的话，我即便再讨厌你，也会留下来一直陪在他身边的！"

"……"

"让万得去学自由搏击吧。"

"我又没想把万得藏起来，不让他去外面。"

"一直被藏起来的万得，是靠自己一边训练一边走出来的。你就放手，让他去做自己想做的事情，做自己擅长的事情吧。"

"……"

"讨厌的时候不能说讨厌，疼的时候也不能说疼。不对，是不想说。他把什么都装在自己心里。要是没有人主动和他搭话，他可能一整天都不会说一句话。"

"谁告诉你的？"

"他的老师。"

"他就是爱管闲事。"

"他只是嘴上有点粗鲁而已，但他是个情感细腻的人。"

"我一个人含辛茹苦把他抚养长大，倒是别人来做好人了。"

"我不是在装好人，只是在告诉你一些你没看到的东西。"

我敲了敲门，没必要在外面继续偷听下去了。

"我回来了。"

"进来吧。"

听到爸爸的回答，我打开了房门。

"您来了。"

我快速地看了一眼"那位"和爸爸，然后说道。我和谁打招呼并不重要，反正他们两个人都是从外面来的。叔叔也尴尬地笑着走进房间坐在了爸爸的旁边。那我应该坐在"那位"的旁边吗？尴尬的气氛让原本就狭小的房间变得更加拥挤。我在门边坐了下来，为了找到一个合适的位置，我着实是动了一番脑筋。我真是很讨厌这种东西。

"饭呢……"

"那位"看着我问道。

"还没吃。"

"那位"猛地站了起来。

"我现在还不饿。"

"可你不是刚刚训练完……"

"我准备休息一会儿再吃。"

"你休息吧,我要赶快去准备晚饭了。"

"你来韩国是为了做饭的吗?"

这句话忽然从我的嘴里蹦了出来。原本安静的房间里响起了爸爸的干咳声。

但相比起我的话,爸爸的干咳声才更加令人尴尬。

"就算是饭,我也希望用心来做给你吃……""那位"笑着说道。有时候笑比哭更加令人心痛。爸爸也是用笑容去回应那些,被自己的舞蹈逗笑的人们。还有和爸爸没什么两样的叔叔……就连"那位"现在的笑容也是这样。

"我去一趟市场。"

说罢,"那位"就离开了房间。

"一起去吧,你又不认识路。"

"好的。"

这是我第二次和"那位"一起走在去市场的路上。她一直说自己一个人去也可以，让我留在家里等着，可我还是强硬地跟来了。因为我知道，即便是留在家里我也没法和爸爸愉快地交谈。太阳落山后，小河边的小路变得冷飕飕的，寒风顺着人行道的地砖吹得我双脚发凉。路过的汽车裹挟着冷风从我的身边呼啸而过，这股寒意足以将我的双手冻在口袋里。

"我听说你有女朋友了。"

这一听就是万得家活跃的通讯员屎洙"告的密"。

"我也在餐厅里做过兼职，负责搬运炭火。"

"我听说她学习也好，长得也很漂亮。"

"您工作不累吗？"

"对人家好点，哪怕是很小的事情也会让女孩子受到伤害的。"

"一个月只休息两次，会不会觉得太累了？"

"那位"的双眼皮很深，眼周已经长出了好几道皱纹。每当她笑起来的时候皱纹也会跟着加深。

"那家店在卖废鸡啊。"

　　"那位"所说的"废鸡"是指那种一直活到老死的鸡。我管那种鸡叫"橡胶模型鸡"，因为它实在是太硬了。我相信只要是吃过的人，百分之百会和我有同样的感觉。"那位"走进了市场里的肉店。

　　"欢迎光临。"

　　"废鸡多少钱？"

　　"三只五千韩元。"

　　"请给我那个和猪颈肉。"

　　"这个鸡要怎么做呢？"

　　"我准备拿来清炖，直接给我吧。"

　　这三只"巨型鸡"谁能吃得完啊，买这么多"橡胶鸡"还不如买一只像样的鸡呢。这一点她简直和爸爸一模一样。大概是因为收入不高，所以想多买点便宜的肉吧？可即便如此，我还是很讨厌那些"橡胶鸡"。我们从肉店走了出来。

　　"这种鸡，没必要买这么多吧，就普通的鸡……"

　　"我不是因为便宜才买的，你爸爸他喜欢吃这种鸡，你不知道吗？"

　　啊这，爸爸他总是一边辛苦地啃着一边说着好吃，没想到他说的都是真话。我曾经还暗下决心，等以后赚到钱就请他吃又嫩又好吃的鸡。那她之前的那些"耐嚼"的排骨也是做给爸爸吃的吗？我真是一点都不了解"那位"的心意呢。我现在才意识到，那些小菜的主人根本就不是我啊。她不是因为讨厌才离开的……

晚餐准备了炒猪肉、参鸡汤还有各种小菜。我从来没吃过这么多小菜，只能去屎洙那里借饭桌过来。当然了，屎洙是肯定要一起来吃晚饭的。屎洙的面前摆着装有半只鸡的参鸡汤。

"我做了很多，大家多吃点吧。"

"那位"羞涩地笑着说道。

"我原本就想着刮冷风了应该喝点热汤来着。"

屎洙他还真是少有的厚脸皮啊。我把木筷子从中间切开，家里从来没有这么多人一起吃过饭，筷子都不够用了。

"万得，叫前楼的那个家伙一起来吃，可以吗？"

屎洙看着父亲说道。这个人真是喜欢拿别人家的食物来为自己装好人。可爸爸也表现出一副很高兴的样子，我不得不去前楼叫那位大叔过来。

我原本以为他不会来的，可没想到前楼的大叔表情尴尬地来到了我家。

少年万得

"快坐下一起吃晚饭吧。"

前楼的大叔看起来明显比屎洙大很多，但屎洙却像对待同龄人一样对他。

"嗯，那个，我原本已经吃过晚饭了，不过，邻居间的好意又……"

"这段时间因为我们家孩子，您吃了不少苦吧？"爸爸递过酒杯说道。

"那个，不是因为您的孩子，就是，那个流氓老师……都是那位先生一直大声喊叫的，所以，嗯。"

前楼的大叔瞥了一眼屎洙说道。果然所有事情的开始和结束都是源于屎洙。

"哦吼，这位先生，快吃吧。食物就放在面前，都是为了等你，大家一直饿到现在。"

"好吧。"

终于要开始吃参鸡汤了。我、叔叔，还有爸爸已经习惯了吃废鸡。可屎洙和前楼的大叔看起来却并非如此。

"真是该死，这是什么，是肉还是轮胎啊？你们叫我过来不是为了整我的吧？"

前楼的大叔率先开口了，接下来是屎洙。

"不是，什么肉会越嚼越硬啊，这到底是什么肉啊？"

"这是废鸡，是老鸡。很有嚼劲而且越嚼越香。"爸爸熟练地撕下一块肉说道。

"该死，战争的时候都没吃过的肉，在这里吃到了。"

前楼的大叔一副被我们欺负了的表情。他不停地东张西望着，仿佛是在确认我们吃的肉是否和他的一样。但不管怎么说都是食物。大家都在用力地啃着"橡胶鸡"，所以没有人再开口说话了。

"锅里还有很多，要是想吃的话就请告诉我。"

"那位"还真是不会察言观色啊。

"要是吃的时候牙掉下来了，你们会给我做个新的吗？"屎洙说道。

听到这句话，前楼的大叔好像确信了自己和大家吃的是同一种食物，于是拿起面前的烧酒杯递到了父亲的面前。

"既然大家都是邻居，那就相互认识一下吧。"

"我叫陶正福，今年50岁了。"

"那你比我年轻，我已经55岁了，我叫朴斗植。"

"那你算是万得爸爸的兄长了。"

屎洙忽然插了句嘴。

"这位老师，您怎么总像个'鱼尾'一样不停地打断我说话呢，您今年几岁了？"

"我？我已经吃饱了，这肉实在太硬了。"

屎洙又将话题扯回到"橡皮鸡"上。

"你这家伙，那你到底活了多少年了？"

"我也差不多快50岁了。"

"你少骗人了，你就是再多算几年，也顶多只有45岁！"

"你这家伙，我那个年纪的时候，首尔正在举办奥运会呢！"

"是吗？那我在那个年纪的时候，柳宽顺正高喊着'大韩独立'呢！"

"哎哟，是是，大哥，我敬您一杯！"

"真是没有礼貌，你总是这么爱耍嘴皮子吗？"

"您不打算接我的酒吗！"

"哎哟，真脏啊，我接下了。"

这群幼稚的四五十岁的男人们之间的战斗就这样结束了。

"不过，这位外表看起来最正常的先生，怎么像嘴巴抹了蜜一样不出声啊……"喝过酒后，前楼的大叔看着叔叔说道。

"我、我、我是南民九。"

"南宁古？"

"不是，是南民九，这是我的叔叔。"

我赶忙又将叔叔的名字说了一遍。

"那么这位是……"

他说的是"那位"。没有人作答。通常这种时候屎洙都会接话的，可这次他却没有出面。"那位"一看就不像是韩国人，我们这样的家庭又不可能请得起保姆，所以前楼的大叔好像对"那位"的身份十分好奇。

"这位是……我的妈妈。"

我挣扎着将一直卡在喉咙里的话说了出来，就像是把堵在喉咙里很久的痰吐了出来一样，我的心里忽然痛快了起来。"那位"，不，妈妈她突然低下头吃起肉来。

"万得是长得像妈妈才长得这么帅的啊。不过她看起来像是'那边的人'？"

上次在鞋店里，店主阿姨也说她是"那边的人"。大家怎么总是把东南亚国家来的人称作"那边的人"呢？

"她是从越南来的。"

"原来如此，不过大婶，你在越南就吃这种肉吗？根本嚼不动啊。"

妈妈默默地摇了摇头。

"我爸爸他只吃这种肉。"

"喂，妹妹啊，不管生活多么困难，都不要再吃这种鸡了。这点鸡肉能有多少钱啊，明天天亮以后，我买几只好鸡给你送过来吧？"

要想解开前楼大叔的这个误会，应该还需要很长时间。毕竟我也是上了高一才知道，爸爸他并不是因为便宜才买这种鸡的，他是真的很喜欢吃这种耐嚼的"橡胶鸡"。

妈妈准备好简单的酒席后便回了城南。

我迷迷糊糊地听着前楼大叔像瀑布一样倾泻而出的"浑蛋"系列对话，听着屎洙在"年龄"问题上纠缠不清的胡言乱语渐渐进入了梦乡。

Chapter 12

T. K. O. 裁判员叫停

虽然我已经知道了这里不是真的教堂，但还是会经常过去。我总疑惑为什么祈祷了那么久都没有得到回应，也许在当初发现屎洙会去教堂的怪异举动时，我就该察觉到异样了。神圣而全能的上帝竟然被搬到其他地方了。只是，屎洙这家伙真是太伤我的自尊了，我又不能像其他小孩儿那样去打他，只好借助宗教的力量，谁知道还是没能成功。而且，我现在已经不想干掉他了，甚至也不想到其他地方去找已经搬家的上帝。我觉得屎洙不是个坏人，只是为人就那样吧。妈妈回来了。虽然还是没有住在一起，但是爸爸和我已经能够和"那位"一起坐在同一个屋檐下了。看她和父亲吵架的样子，感觉她的脾气比我想象中要火暴一些，韩国语说得也挺好。还不错吧。

"你这家伙比我想象中更有信仰呢。"

是屎洙。我就知道他会出现，还知道他会对我说些莫名其妙的话。这座房子的风水就是这样。

"什么信仰啊，这里又不是教堂。"

"只要你认为是教堂，那这里就是教堂，你以为教堂是什么特别的地方吗？"

"那上帝在这里吗？"

"无知的家伙，上帝会待在教堂里吗？"

"那他在哪里……"

"还能在哪里，在那里呗。"

屎洙用手指向天空。

"那人们为什么还要到教堂里去呢？"

"这个问题你该去地铁里面问问那些高喊着不信地狱、耶稣和天国的人，小子。"

很明显，就算说得再多我也是赢不了他的。于是，我从教堂里离开了。

那些外国劳动者们正在外面清理着道路上的积雪，

妈妈偶尔也会到这里来，因此，现在这里的人们都认识我了。

"万得！一起打排球吧！"

"我得去体育馆了，对不起。"

"万得，加油！"

雪下得很大。都下雪了妈妈怎么还不来，就像太阳和月亮是兄妹一样，小时候从未等待过妈妈的我，到了18岁时却开始等待了起来。如果我和妈妈一起到市场上去，路上的人们一定会用种奇怪的眼神打量着我们。我在网上看到过很多长相好看的越南女人，可妈妈她却不长那样。她的门牙都裂开了，外表看上去十分土气。虽然在很多人看来这种长相十分丢脸，可我却对"妈妈"这个称呼十分满意。另外，哪有一个月只休息两次的餐厅啊，这黑心的饭店老板。

"你是万得同学吗？"

"是的。"

我一走进体育馆，就看到一位穿着得体的大婶站在那里迎接我。馆长的脸色看起来不太好，僵硬地站在他身后的世赫和秀宗也是如此。

"我们出去聊聊吧。"

"您是哪位？"

"我是允荷的妈妈。"

大婶径自走出了体育馆。

我跟着大婶去了体育馆旁边的"曲奇咖啡馆"，这间咖啡馆里并不提供曲奇饼干，只是名字叫"曲奇"而已。

"允荷这孩子除了读书什么都不懂。"

"……"

"她现在还小，所以会被那些会打架、很叛逆的男孩子吸引。"

"……"

"你帮帮我吧。"

"什么？"

"我希望你以后不要和允荷见面了。"

"高二之后我们就要分班了。"

"同学，我说的不是这个意思。"

"那你是什么意思？"

"之前为了让那个叫延俊浩的学生转学，我们家吃了不少苦头。"

我还以为俊浩是主动转学的。大婶，你知道郑允荷之所以会被同学们孤立，就是因为大婶你转走了俊浩吗？

"你也知道允荷是个单纯的孩子对吧？请你帮帮我，让允荷专心学习吧。"

哦呜，上帝您为什么要搬到别的地方去啊，看来我真是得再去物色一个教堂了。

"很抱歉来这里找你，但真的拜托你了。"

"好。"

我从座位上站了起来，实在是无话可说，再听下去也不会有什么新意。

"我听说班主任是你叔叔，是吗？"

这都是什么时候的传闻了，怎么到现在还有人会相信啊。

"不是啊，我叔叔最近在卖指压鞋垫。"

"……"

我走出了曲奇咖啡厅。

郑允荷的妈妈又急匆匆地追上来抓住了我的胳膊。

"同学，就拜托你了。和异性交往的事情还是等上了大学之后……"

"我不喜欢长得胖的女孩子。请您回去告诉她，我们体育馆不是减肥的地方，让她以后不要再来了。"

说罢我便快速地跑进了体育馆。幸好郑允荷的妈妈没有跟着进来。

"你说什么？"馆长问道。

世赫和秀宗站在他的身后。

"我是问你，来咱们这里锻炼，体重会下降很多吗？"

"别自欺欺人了，小子。"

"我是认真的。"

"所以你跟她说什么了？"

"我告诉她，这里不是减肥的地方，让她不要再把孩子送过来。"

"做得好。"

馆长走进了办公室。

"啊，哥。你应该说她的减肥效果很不明显才对！"

"你想死吗？！"

说真的，如果世赫再多说一个字，说不定今天他的死期就要到了。她的脚步很不协调，肩膀也耷拉着，甚至连空拳练习都不会做。是我把她叫来的吗？拜托，是她自己非要跑过来的好吗？大韩民国到处都是大学她为什么不去呢？是我让她不要考大学了吗？不管是首尔的大学还是真的首尔大学，她自己去上就行了，来找我干什么……

距离比赛还有两周时间，郑允荷已经一个星期没来过体育馆了。就只有她自己嚷嚷着要做什么经纪人的，真是丢脸。长这么大一点眼力见都没有吗？这么明目张胆地跑过来还能不被发现吗？这种榆木脑袋是怎么考上第一名的？试着在学校里见见她吧。哎哟，怎么就只有这几个跳绳啊，我一下子将手里的跳绳扔向了角落。

"你最近怎么了？"

"我怎么了？"

"就算是去输比赛也是一样，小子，你这些姿势都有问题，你是想放弃比赛吗？"

"我为什么要放弃！"

"所以说，训练的时候就要远离女人。哎哟，好好干，小子！"

"请把手套递给我。"

"穿上外套出来吧。"

"去哪里？"

"比赛前好好去比试一下。"

"什么？"

"快点出来，我们去和城南的孩子比一场。没有信心吗？"

"不是。"

只是因为城南是妈妈居住的地方。虽然不远但我从未想过要去那里。与其说是没法去，不如说我的身体在抗拒去那里。不过，虽然不是去见妈妈，但因为比赛是在妈妈生活的地方，所以我一定要赢！

我们坐地铁花了一个多小时才到达城南的体育馆。

虽然建筑老旧的程度相似，但内部的锻炼器材和地板都有很大的不同，这里的学员数量也相当多。城南体育馆的馆长是我们馆长的徒弟，真是徒弟比师傅更红呢。

"怎么每次来你的体育馆都感觉在发光呢？"

"最近要是不花钱维护体育馆的设施，学员数就要掉下来了。"

"孩子们热身了吗？"

"我们的孩子都比较松散。"

这是馆长和馆长徒弟郑馆长之间微妙的心理战术。

"道振啊，你是热身了吗？"

"是的！"

这孩子的块头和我差不多，但个子比我更高一些，不过没关系。

"我们家孩子还没有热好身。万得啊，去热热身吧。"

"好的。"

"金教练，给他拿个手套吧。"

"好的。"

馆长和郑馆长走进了一间墙壁是由巨大玻璃构成的办公室。

在别人的体育馆里热身并不是一件容易的事情。数十双眼睛一直盯着你看，十分碍眼，而且这里还有很多女性学员。

"干什么东张西望的？我们从'一、二'开始。"

"好的。"

一二，一二，一二，一二……

"很好，一二，一二三。"

一二，一二三，一二，一二三……

"啊，非常好。现在开始，躲闪，后退躲闪。"

我将重心放低，准备做后退躲闪动作。

"不，一二，躲闪，连起来再来一次。"

一二，躲闪，一二，躲闪，一二，躲闪……

"后脚掌晃动了，再来一次。一二，后退躲闪。"

一二，躲闪，一二，躲闪，一二，躲闪，一二，

躲闪……

"很好，一二，左右躲闪。"

一二，左右，一二，左右，一二，左右……

"腰部很不错。深呼吸，开始准备踢腿。"

从中段上段前踢开始，接着旋转踢，上段侧踢。

"虽然后脚还有些晃动，但腰部保持得很好，速度也

挺不错。你训练多久了？"

"还不到一年。"

"那你挺厉害的，是个值得一战的对手。"

呜——呜。

周边围观的人们发出了小小的嘘声，那些家伙就是

那样。

"怎么样？身体热起来了吗？"

馆长和郑馆长一起出来问道。

"是的。"

"上去吧。"

我穿戴好护具爬上了拳击台。

周围传来了给对手的单方面的助威声。我表面上看起来好像不会在意那些，但其实心里还是非常在意的。虽然我心里想着，对方的身高比我高，我应该更加注重对其面部的进攻，但后来由于对手快速而犀利的进攻，刚刚的第1轮比赛中我始终忙于防守。第1轮的3分钟让我感到十分地漫长。

"防守得很不错。现在开始试着慢慢进攻吧。去吧。"

慢慢地攻击。很好，进攻。

铃声一响我便率先发起了攻击，那是一记不错的肩部攻击。对方脸上略微浮现的笑容也瞬间消失了。再试一次，又是一记有效的勾拳。我绝不能错过时机，这个时候不能被对方的假动作蒙蔽。就在这时，对方在防御的同时也加快了脚步，似乎是想要做一个回旋踢。我一边防御一边交叉脚步，但被骗了……一瞬间我仿佛看到拳击台向我的身体袭来，呼吸的节奏都变得困难了起来，肚子也变得很热，我感觉对方的脚仿佛穿透我的身体踢进了内脏里。

"停！城南T. K. O.获胜！"

技术击倒（technical knockout）也称为T. K. O.，裁判

员叫停了比赛。明明给我几秒钟就能够站起来的，裁判怎么能就这样终止比赛呢？这是什么烂体育馆啊。馆长急忙爬上了擂台。

"你还好吗？要是再打下去，你就真的不能参加比赛了。"

"……"

当时的情况就是，我既为自己有事而尴尬，也为自己没事而尴尬。

"干得不错。他可是高中部的冠军，你竟然能和他打到第二轮。真是了不起。"

高中部冠军？啊，怪不得……

"你没事吧？"

那个是"道振"还是"高中部冠军"的人走了过来。

"嗯。"

"辛苦了。"

是啊，你是真的实力很好又很有风度。作为新手真的很羡慕这样的选手，我们相互伸直手臂碰了碰对方的拳头。

"这次比赛，你应该能够通过第一轮。"

"要是回合打得好的话，说不定第二场比赛也没问题。"

冠军和金教练皱着眉头。

我尴尬地靠在馆长身上走下了拳击台。

"我们走了。"馆长对郑馆长说道。

"吃了饭再走吧。"

"吃什么饭啊?"

"馆长,我还约了人。"我赶忙说道。

"谁?啊!"

馆长很快察觉到了我的意图,对着我点了点头。

"很久没喝过学生买的酒了。"

"那我先走了。"

我向郑馆长和城南体育馆的人打了招呼后便走了出来。

我出来并不是为了去见妈妈。主要是自己输了比赛,回去的时候不好意思再坐在馆长的旁边。既然已经来到了妈妈生活的地方,就给她打个电话再走吧。我在路边找到了一个公用电话,肋下现在还是有一点发酸。

"是万得吗?"

妈妈的声音听起来很是吃惊,她从没接到过我的电话，自然会被吓一跳。

"我有场比赛。"

"是今天吗？"

"不是，今天只是一场练习赛。"

"打得怎么样？"

"输了。"

"下次应该就能赢了。你在哪里？"

"……我在回家的路上。"

"好吧，我星期二去看你。"

"好的。"

"天气很冷，快回去吧。"

"好的。"

挂断妈妈的电话后，我给郑允荷打了个电话。

"您所拨打的号码因用户原因无法接通。"

什么情况？真是的，我怎么了。我一个星期都没见过她了，心里很不是滋味。那个该死的大学。好吧，全都靠你们这些聪明的家伙去吧。

我的眼角撕裂了，整个眼睛都肿了起来。如果是轻微撕裂的话，过几天就会结痂了。但今天眼睛却肿了起来，看样子伤得很厉害。我也不知道自己什么时候被打的，那时候的注意力全都集中在防守上了。这场比赛既没防守住，也打得不好，心情真是很糟糕。

爸爸的提科停在小巷里。我还得顶着这张脸去见他。

"你怎么没说今天要回来？"

"就是想回来了。你的脸怎么伤得那么重？"

"没什么大不了的。"

我用手捂住了肿得很厉害的左眼。

"民九走了。"

"去哪里了？"

"去舞厅了，那家伙很适合那里。"

"叔叔一个人去没问题吗？"

"我需要独处。"

"那你现在要一个人去赶集了。"

"应该的。"

"怎么能就那样把民九叔叔送走呢……他又不是正常人，他精神有'残疾'……"

听到"残疾"这个词的时候，爸爸的肩膀抖动了一下。

有些话语人们是到死也无法适应的。你听得越多，就越讨厌它，那么听到的时候就会越让你感到疯狂。虽然也不是第一次听到这种话了，但总有些人可以很轻松地对待这些。而总有些话会击中人的内心，一次两次三次……不断地堆积在胸口，积压成一团让人感到无比沉重。

"是侏儒，侏儒！"

明明一看就知道却非要说出来伤害别人。

"他爸爸是个侏儒，没想到他却长得挺好的。"

他们并没有把我当作一个独立的人，而是从源头上直接否定了我。

"我听说你爸爸是个侏儒？"

那些无聊的人，闲来无事便以取笑他人为乐。

我并不是刻意想要隐瞒爸爸的情况，只是不想让他直接暴露在世人的面前。

如果你的爸爸是一个正常人，那么即便你从来不提也没有人会在意。但是，如果你拥有一位残疾人父亲，那么一旦你隐瞒了他的情况，就会有一大堆人跑来干涉你。他们说你是"藏匿"爸爸的孩子，甚至强加给你一些闻所未闻的事情。除了你自己没有人能够帮助你守护这个底线。然而，总有些人会追着这个底线不放。有时候我真的觉得这些人很可笑，他们只看到表面上的一些问题，就以为自己已经看清了一切，然后跑过来与你争吵，就像屎洗一样，出生在一个剥削外国劳动者的家庭里，现在和外国劳动者生活在一起，就以为自己真的很了解他们。这也是我讨厌屎洙的真正原因。我对爸爸说过一些，不管是对他还是对我都很难释怀的话语，就像是留下了一个伤口，总是会被有意无意地被触碰到，永远也无法真正地愈合。

"我也很讨厌自己的身体。这个问题对于我来说永远无法解决，甚至连四肢健全的你都会因为我而被贴上标签。父母即使帮不上子女的忙，也不应该让他们受伤害。一旦有人提起你是我的儿子，就会对你说出一些不好的话。所以我想尽可能地和你分开。"

"我一个人待着也没觉得有什么不舒服。"

"我不希望别人知道我是你的爸爸。所以总是躲着你，却没想到这样躲躲藏藏的方式，反倒让你也封闭起来生活了。"

"我没有。"

"我听你的老师说的。他说你一直封闭自己，对与自己无关的事情都漠不关心。"

又是屎洙。不是，我就一定要费心参与那些与我无关的事情吗？

"他说你似乎在自己的周围建起了一座保护墙，偶尔会像闪电一样，出来后又马上躲进去。每天睁眼就是去学校，天黑就回家睡觉，等等。"

我很确定屎洙他一定是在写关于我的观察日记。事实上我就是这样认为的。在我看来大家都不过是在外挣扎着过一天，然后回到家里，接着第二天又出去吃同样的食物，做同样的事情，然后再次回到家里。就这样日复一日，直至衰老，最终走向死亡。也许有些生物是永远也不会死去的，可人类的终点一定都是死亡，一旦死去游戏就结束了。不论你创造了多大的成就，在你死后，它们都不再属于你。它们只属于那些活着的人，不管你是村头的流氓还是高高在上的总统，死了之后大家都一样。死者不能干预生者的生活，他们也不能无缘无故地复活。所以人活着最好的方式就是安静地活着，然后死去，在这个过程中，大家不要去互相伤害。

"还记得过去吹萨克斯的那位老人吗？他对你挺好的。"

"您是说幻想小酒馆的那位吗？我当然记得了，他不是去世了吗？"

"在你出生之前，我就认识那位先生了。他曾经对我说，自从民九来了之后，他才感到我是在真正地活着。"

"……"

"民九他一边被我打一边跟着我学习跳舞。在此之前他一直在跳恰恰舞，可这不是个你想跳什么就能跳什么的地方，为了教他跳舞，我也像是又活了一次似的。"

"民九叔叔跳得很好啊。"

"不是说他跳得不好，而是他从没有想过要跳其他的舞。为了教会民九我不知道跟着他跳了多少次，我的节奏必须是欢快的，能够感染到他，他才会跟着我一起跳。"

"我明白了。"

我还以为只要是舞蹈民九叔叔都喜欢呢。

"那位老人是这样说的：'陶正福好像现在才真正地活了起来。'可能是我教民九跳舞的时候看起来是最开心的。主要是民九他实在是太不听话了，我只能那样边喊边教……"

"我也以为爸爸总是跳得很开心。"

"我跳舞的时候，人们总是嘲笑我，所以我并不开心……"

"……"

"那位老人说'你的身体没有什么问题，你最大的问题是你的思想状态'，那天是我第一次和他顶嘴。我说如果你拥有我这样的身体，你还能说出这样的话吗？可他却说，他连我是什么样子都看不到，因为我几乎不出宿舍，也从不参加社交活动。"

"什么？"

"你也不明白吧？他说得很深奥。俗话说物以类聚，有句话说看一个人的朋友，就能知道他是什么样的人。'可你连朋友都没有，谁又能知道你是什么样的呢。'我也是在那时才忽然意识到了这些。"

"啊……"

虽然没有完全理解，但我似乎明白了其中的含义。

"你不是也没有朋友吗？"

"我有……"

"谁？"

"……"

小学、初中、高中……我的同班同学有很多，可怎么连一个叫得上名字的都没有呢？起初我感觉是他们在避开我，到了后来我也开始避开他们了。我的心情忽然有一些复杂，因为在学校，能够叫得上名字的朋友，居然是赫洙。我怎么会忽然想起那个白痴。

"也正是听过了那位老者的话，我开始接受了民九，能开始和其他人和睦相处。哪怕是在他去世之后，我都时常感到他仿佛还是活在我的身边。他每次看到我都会说'你不要那样生活'，即便是到了现在，我也还是偶尔能听到那个声音。如果他还活着我一定会嫌他太吵了，可现在那个死老头就住在我的心里，时不时地骂我。哈哈哈。"

"哪会有这样的事情。"

"可是，那个……就是。如果我死了，你会埋怨我吗？"

"那爸爸你会埋怨那个爷爷吗？"

"偶尔，我不知道他有多少次击中了我的要害，但他仍旧是一位很好的老者。"

"那就行了。"

"万得。"

"嗯。"

"我们要彼此认可地生活下去吧。"

"认可什么？"

"你认可我的舞蹈，我认可你的运动。目前这个情况下我们都能做到的就只是这样了。"

父亲真正想说的，其实就是不会再反对我练自由搏击了。为了说这个居然连已经死去的老头都搬了出来。也是，毕竟他曾经那么反对……

"嗯，我不怎么讨厌爸爸跳舞。倒是我小时候跟着叔叔一起跳牛仔舞的时候还被爸爸给打了。"

"我打你是因为跳舞吗？那是因为你错得实在太多了，我才打你的。你到底是像谁啊？"

我知道，他就是因为我跳舞才打我的。爸爸他并不愿意将自己的舞蹈技艺传授给我，他甚至不喜欢别人那样看着我笑。

"我应该是像爸爸吧。"

"也是，要是我不跳舞的话，大概会去练拳击。不只是跳舞的时候需要节奏感，运动也要有节奏感。"

这样看来，爸爸和屎洙实在是太般配了，我甚至在他的身上看到了屎洙的影子。真是令人尴尬。

"小子……看看你这个大长腿啊，长得真不错……"

就在父亲拍打着我的大腿说长得不错的时候，不知道怎么回事，我的心却忽然怦地跳了起来。大概是因为父亲的眼睛突然红了起来，我的眼睛也莫名地有一些刺痛。

去年春天，我遇到了屎洙，那时的我讨厌他讨厌得恨不得干掉他。也差不多是在那个时候，我开始学习自由搏击，自由搏击好得令人疯狂。讨厌和喜欢一下子全都涌入了我的生活。我去教堂向上帝倾诉我的恨意，又去体育馆做自己喜欢的事情。我之所以会在教堂里自言自语，是因为从没有人听我说话，而我之前也从未与人交谈过。我不知道如何正确地控制我的身体，所以找到了能够好好发挥我身体优势的体育馆。不知怎么的，我总感觉自己似乎也找到了一个新的爸爸和妈妈。

"比赛准备得怎么样了？"

"我今天和高中组的冠军进行了练习赛，已经能够打到第二轮了。"

"不是他们让着你吗？"

"没有，都是我自己拼命赢得的。"

"你这家伙，现在也挺会开玩笑的。"

"我说真的。"

"好吧，守护好我们自己的身体，就这样生活下去吧。"

我和父亲都有过自卑感。过去这种自卑感成就了父亲，现在它也将成就我。自卑感这种东西，能够激励人们暗自努力。虽然我并不喜欢它，但我也不认为它是个坏东西，就像屎洙一样。

"我今天晚上要去见见你们馆长，之前说过有时间就过去看看的，一直都没去过。"

"我估计他现在应该在城南……您先打个电话再过去吧。"

馆长并没有留在城南和郑馆长一起吃晚饭，只是他走的方向和我不一样而已。我们一起在空荡荡的体育馆里烤起了五花肉。

"是我这个做父亲的没出息，到现在才来拜访您。"

爸爸为馆长斟满了酒。

"是我这个老师没本事，连这个臭小子都照顾不了。"

"您这是什么意思？"爸爸问道。

一股不祥之感涌上了我的心头。

"等万得参加过比赛之后，这间体育馆就要关闭了。万得将是我送上拳击场的最后一个孩子。"

"馆长！"

不祥的预感总是这么准确。

"这里早就该关门了，已经很久都没有收益了。原本关了也没什么大不了的，可谁知道哈桑来了，紧接着你也来了。"

我就说再怎么偏僻的地方也不至于一个学员都没有吧，那些偶尔会来运动的人也都被馆长拒之门外。世赫和秀宗看起来也不像是能长久坚持下去的家伙，只是因为他们看起来像是会无缘无故出去打架的样子，所以馆长才不得不暂时接收了他们。呼啊，陶万得的人生又一次变得混乱起来。

"我不应该接收这个家伙的。可是他体格很好，力量也十分出众。我总觉得他的体内蕴藏着一颗'炸弹'，如果控制不好，就会伤害到很多人，所以我才接收了他。"

馆长摸了摸我的头。

虽然馆长平时看起来马马虎虎的，可一旦严厉起来也十分可怕。哪怕我从没有好好地交过馆费，他也还是笑嘻嘻地给我当着陪练。他比屎沫更像一个老师，而且是第一个让我体会到老师恩情的人，现在他也要离开了。我唯一会做的事情就只有"打打杀杀"了。这是我生平第一次梦想做什么事情，结果这么快就要离开了。这该死的……

"您准备去哪里？"

"知道了又怎样呢？"

"我想跟着您继续训练。"

"在那里怎么训练呢？"

"在哪里？"

"我的妻子病得很重，医生说她需要去能呼吸到新鲜空气的地方，所以我们打算去洪川。"

"江原道？"

"是的。明明年轻时挨打的人是我，可为什么生病的却是我的妻子？也许是因为我被打过太多次了，她的内脏都缩小了。"

我不知道为什么我的周围全是这样的人。那些儿孙满堂、阖家幸福的家庭都在哪里，为什么到处都是伤痕累累、残缺不全的人呢？

"我会经常去看您的。"

"去洪川？"

"是的。"

"哦吼，万得爸爸。你看这小子他又来了。"

馆长看着父亲呵呵地笑了。

"请吃点肉吧，别总空着肚子喝酒。"

父亲笑了笑将肉推向了馆长。

"你还记得上次进行升段审核的城北洞体育馆吧？我已经和那边说好了。即使很远也要坚持去训练，还有一定要赢回来。知道了吗？哈哈哈。"

"……"

嘀哩哩，嘀哩哩哩。

办公室的电话响了起来。

"我来接吧。"

我赶忙跑过去接起电话。

"你是万得吗？"

是郑允荷，她的声音又快又急促。

"你……怎么回事……"

"到教堂去，现在。"

咔嗒。

什么呀，谁在乎她什么时候去啊？竟然还随随便便就挂断我的电话。

"谁啊？"

馆长问道。

"没什么，谁也不是。爸爸，我先回家了。"

"为什么？"

"这样你们两个就能好好聊聊了。"

"好吧。"

我悄悄地跟馆长打了个招呼，然后打开了体育馆的大门。

　　"万得！"

　　"什么？"

　　"比赛结束后这里就要关门了，就让她过来见一面吧，在一起那么长时间也有感情了。"

　　"让谁啊？"

　　"什么谁，谁都不是的那个家伙。"

　　馆长把酒倒在了爸爸的杯子里。爸爸瞥了我一眼，我赶紧离开了体育馆。馆长的笑声从屋内传了出来。

Chapter 13

蝴蝶与蜜蜂

我等了20分钟郑允荷才匆匆赶到教堂。

"我妈妈和爸爸去旅行了。最近都是阿姨来补习学院接我，今天我求她通融通融，阿姨比我妈妈好说话。不过我也待不了很久，妈妈晚上还要打电话回去确认，所以我得赶紧回去。"

不愧是靠嘴运动的孩子，说话真是快啊。

"你叫我来做什么？"

"我来跟你道歉。"

"什么？"

"我妈妈去找过你了对吧？对不起。我妈妈以为男女见面就都是在交往，思想有一点过于迂腐了。"

"你考大学，是因为自己想上还是因为父母想让你去？"

"是我自己想去才要考的。"

"那你又不是不去考大学了，你妈妈她为什么……"

"她怕我中途掉链子，总之就是瞎操心。"

"你为什么想上大学呢？"

"那你为什么不想上大学呢？"

"我脑子不好，而且对大学不感兴趣。"

"那我就是因为脑子聪明，又对大学感兴趣。"

"说得有道理。"

"我想要成为一名记者，战地记者。"

"那不是要跟着一起上战场吗？"

"没错。我准备考上大学之后，就去背包旅行，多游历一些国家，为以后成为记者积累经验。我不是因为什么英雄主义才想上战场的，我希望自己可以像一个骑士一样，去帮助那些战场上的孩子们。"

"我都不知道你对战争那么感兴趣。"

"几年前，我在美术馆看过一幅画。那是一幅关于战争的作品，作品中有两幅画，其中一幅是一个打棒球的美国孩子，孩子的脸上流露出灿烂的笑容。在它的旁边并排挂着另一幅画，画里画着一个脸上缠着血迹斑斑的绷带的伊拉克孩子。整幅作品中没有画一滴眼泪，可我却看到了眼泪，而且并不是因为疼痛而流下的眼泪。"

"那是什么呢？"

"是憎恨，那幅画中想要说明的就是这个。"

"这就是你拼命学习的原因吗？"

"你不是也在为了梦想拼命训练嘛。我也一样，我在为了我的梦想拼命学习。为了让我之后能够更加游刃有余，所以我现在必须提前学习更多的东西。"

"必须要上大学才能学到这些吗？"

"那你训练一定要去体育馆吗？"

"什么？"

"不管是学习也好，运动也罢，都要在有自己想要学习东西的地方。就像是你想要学习自由搏击却去了跆拳道馆，那么在那里面有谁能够教你呢？同样，没有任何知识，也没有任何工作资质，仅凭着一台摄像机穿梭在战场上，这难道就能采访到自己想要的全部内容吗？"

"哟，你说得真好。"

"我要学习一切我能够学到的东西，然后告诉这个世界没有什么是我不能做的。这样我就能去我想去的地方，用我自己的名字到处去采访。"

"真是奇怪，你总是在说一些听起来很有道理的话，这话别人说起来就挺没劲的，你说起来倒是有些道理。真是个神奇的技能呢。"

"我可比那些毫无想法只知道去国外镀金的孩子要强多了。"

"可能他们的梦想就是去国外镀金吧。你的梦想很重要，他们的梦想就不重要了吗？"

"那如果是这样的话，我就没什么可说的了。嗯？你的眼睛怎么完全凹陷进去了，怎么弄成这样的？"

"白天跟人打架了。"

"你是一边训练一边挨打的吗？我听说你很会打架。"

"你以为我是为了打架才运动的吗？"

"你的眼睛都充血了，你还能看得见我吗？"

郑允荷几乎贴在我的脸上看着我的眼睛，所以……所以我就亲了她。虽然是初吻，可并没有想象中的那么甜蜜，也不感到难为情，就像是把嘴贴在了一颗软乎乎的西红柿上，不过心情也不差。

"喂！"

"怎么了？"

"你，你是选手①吧？"

"嗯。"

"我说的不是自由搏击！"

"没错，不是自由搏击。"

"你怎么这样，你是我男朋友吗？你疯了吗！"

"快走吧，一会儿屎洙可能会来。"

"屎洙来了，小子。"

像往常一样，他的时机卡得刚刚好。

"你这个没礼貌的家伙，竟然敢叫老师屎洙，你俩刚刚贴在一起干什么了？"

"我亲她了。"

"疯子，允荷啊，我跟你说过多少次了，不要和那个家伙来往，快回家吧！"

"好的。"

我牵着郑允荷的手一起走出了教堂，或者说是走出了

---

① 此处指情场老手的意思。

少年万得

屎洙买的房子。

"放开我的手！"

我抓得更紧了。

"你能来看我的比赛吗？"

"看你做的这些事情，我真是不想去，可谁叫我是你的经纪人，也只能去了。"

"那你怎么从家里出来？"

"打游击战呗。"

郑允荷笑着打了出租车。虽然还是有一些讨厌，但莫名还有一些可爱。

小河上结冰了。不知道是不是这个的原因，我一直莫名地笑出声来。这个没什么水的小河都结冰了，哎哟，即使结冰了也没法在上面滑雪橇。哎呀，我的肚子，这条小河总是逗我笑。这丫头胆子那么小还说什么战地记者。哈哈哈，哎哟，为什么今天连"战地记者"这个词听起来都这么好笑呢。她来的时候是吃过花香味的口香糖吗？嘻嘻嘻。

"万得。"

屎洙跟了过来。

"我听说你爸爸回来了？他现在在家吧？"

"不在，他现在在体育馆里跟馆长喝酒。"

"啊，真是的，都不跟我联系两个人就去喝酒了。你把这个拿回去吧。"

屎洙递过来一个袋子，里面装着两只生鸡。

"这是什么？"

"一想到他吃那么硬的肉，我就感到有些心酸。把这个煮了给他吃吧。"

哎哟，我的肚子啊。不是，到底是怎么了？老师啊，我爸爸他是原本就喜欢吃那种"橡胶模型鸡"啊。这种鸡就算是给他做了，他也不爱吃啊，哈哈哈。

"你还真是个小子呢，想到要给爸爸做肉吃这么开心吗？"

"我明天早上一定给他做。"

"你不是也有比赛嘛，另一只就给你吃吧。"

"谢谢！"

屎洙走进了家门。这样想来，屎洙他也只是嘴有点坏而已，他本身并不是什么坏人。可这两只光秃秃的生鸡实在是太好笑了，噗哈哈哈哈。

我给妈妈打了个电话。

"您现在忙吗？"

"不忙，现在在回家的路上，怎么了？"

她肯定觉得我这样不分昼夜地给她打电话很奇怪，毕竟我过去从没给她打过电话。

"没什么，就是想问问，那个清炖鸡怎么做啊？"

其实我会做清炖鸡。独自生活了这么多年，让我练就了不少技能。我只是想给她打电话而已，况且手边正好还有两只鸡。

"你想吃清炖鸡了吗？"

"没有，是老师给我买了两只鸡。"

妈妈马上猜到屎洙买的鸡不是废鸡，所以叮嘱我说，放入大蒜、盐、大葱后，不要煮得太熟，这一点应该纯粹是为了爸爸。

"对不起，没能陪在你的身边。"

"也不是非要住在一起才行，我有时间就会给你打电话的。"

"谢谢。"

我挂断了电话。我做这些并不是为了听这句话的。

爸爸醉得连身体都没法控制了。能喝成这样，他们俩每人至少喝了三瓶以上的烧酒。鸡怎么办呢？一只做清炖鸡,一只做辣炖鸡块吧,不然搞不好爸爸一口都不会吃。我一夜都没睡着,一直不由自主地发笑,啊,该睡觉了……

　　我被闹钟的声音吓醒,随便戴上一顶帽子,就赶紧跑出门去送报纸了。

　　咣当!咣当!咣当!

　　为了做辣炖鸡块,我用菜刀剁开了一只鸡。大清早听到这样的菜刀声,连我自己都觉得毛骨悚然。

　　"怎么了?"爸爸推开门问道。

　　"是鸡,老师给爸爸买的。"

　　"是吗?我都没去打个招呼,真是不好意思……"

　　"再睡一会儿吧。"

　　"不了,早饭做好以后就把老师叫过来,我们一起吃早饭吧。"

　　"好的。"

　　于是屎洙就在我家里吃了早饭。

　　"万得的手艺真不错呢,可以结婚了。万得爸爸你也多吃点,这汤也太好喝了。"

　　爸爸没吃多少清炖鸡,大概是因为这不是废鸡,吃起来没什么口感吧。

"我昨晚喝了太多酒，现在没什么胃口。"

"这肉和那种橡胶肉不一样，非常好嚼，您就勉强吃一点吧。"

"好，话说回来，您之前说的那件事。"

"你想好了吗？"

"我当初带年轻人去市场也是为了让他们有练习的机会，所以才会带着民九一起去。可仔细一想，老师您的提议……"

"我说怎么没有看到民九呢，他走都没跟我打个招呼来着。"

"那家伙长得不错，舞跳得也好，所以会有人请他去。也是我让他去他才去的，不必太过感伤。"

"是啊，那您准备什么时候开始工作呢？毕竟我这边也需要准备。"

看样子爸爸是要和屎洙一起做什么事情。

"既然已经下定决心了，那从今天就可以开始准备吧。我也攒了一些积蓄，可以用于装修。"

"那我就先去申请营业执照。"

"看什么看，小子。我只是想和你爸爸一起做艺术事业。"

"我打算开一个舞蹈培训中心。"

爸爸好像有些不好意思,一直不停地喝着汤。

我的天啊。他们准备在那个屋顶上还挂着十字架的破房子里,开一家舞蹈培训中心。培训中心登记在我爸爸的名下,他终于要正式成为一名舞蹈老师了。屎洙则是共同投资人。他从很早开始就和爸爸提过这件事情了。爸爸热爱舞蹈却从没想过要成为一名老师,送走叔叔之后他一直很难过。但他也没有就此放弃舞蹈。他一直很渴望跳舞,只是在市场上,只能偶尔跟着一曲音乐跳上一段,完全不能让他感到满足。

"把民九也请来吧。"

"我会的,没几个人比民九跳得更好了。"

"我喜欢民九叔叔的恰恰舞。"

我说的是真的,不由自主地就说出来了。

"小子,你还是认真练自由搏击吧,对了,你会跳恰恰舞吗?"

"我不会。"

"你这些年都干什么了,连恰恰舞都没学会?"

"你会跳舞吗?"

"我身上有舞蹈细胞的，小子，学起来很快的。"

话说回来，屎洙和郑允荷还是有一个共同点的，那就是喜欢"用嘴做事情"。

"老师……谢谢您。"

"我才应该感谢您呢。对了，您应该不会跟我收培训费吧？我很喜欢民九以前跳的那个迪斯科。"

"老师，最近营业场所还有公司不都是要申报的吗？"

"大家都是为了生计而做的，难道他们还不允许我们搞点艺术吗？"

别提有多艺术了。我将自己碗里的肉盛给了老师。

"你这小子变得懂事了。"

我好像也在不知不觉间习惯吃废鸡肉了，感觉这种没嚼几下就烂了的鸡肉没什么滋味了。

"肉……您还要再吃一点吗？"

"不用了，你星期六不是还有比赛吗？你吃。"

你就都吃了吧……

嘟噜噜噜……嘟噜噜噜……

"谁这么一大早的打电话？"

"我去接吧。"我迅速地接起了电话。

"你做了晨练吗？"郑允荷问道。

"嗯，你怎么给我打电话……"

"我妈妈和爸爸去旅行了。"

爸爸和屎洙一起看向我。

"你今天几点去体育馆？"

"吃完早饭就去。"

"那是几点！"郑允荷突然喊道，喊声将我从沉思中惊醒了过来。

"八，八，啊不，九，九点左右。"

"这家伙怎么忽然变得和民九一样了？"屎洙端着汤碗，边喝边说道。

"挂了吧。"

"怎么了？家里有人吗？你爸爸在家吗？"

"是的。"

"天啊，我都不知道，那挂了吧。"

我放下听筒，重新回到了餐桌前。

"你现在也该买手机了吧？"

"我除了去体育馆就是回家。"

我脸红了起来。

"我听说最近有很多免费手机之类的东西，不如我们也趁此买一个吧。”

爸爸也开始胡言乱语了起来。

手机的话，我可能确实需要它。毕竟爸爸现在也会经常待在家里了，我似乎是应该有一个手机了。

“打听一下那种便宜的吧，他们学生也不需要那些花哨的东西。”

“我待会儿去体育馆的时候，顺便打听一下。”

“万得啊，你要是好好训练的话，以后也能去首尔的。”

“什么？”

“难道不是吗？要是能去首尔就到首尔去吧。哦，汤真好喝！”

屎洙的判断力可真是厉害。他要是告诉我爸爸怎么办？我要不要去打听下手机啊？看看能不能找到那种只能发短信和打电话的。最主要是小巧能够放进口袋里，毕竟，我也不需要太多其他的功能。

“要像蝴蝶一样移动，像蜜蜂那样攻击。如果你像蝴蝶一样移动的时候，对方像蜜蜂一般刺痛你该怎么办？你还要怎么才能扇动翅膀？一定不要忘记，要稳稳当当地不停移动起来。要防守也要进攻，就像是拉紧的橡皮筋，啪！打得又快又深。"

"是。"

馆长今天的声音听起来有些不同，是近来少有的严肃感。

"你的体重有一些波动。要稳定地保持在74公斤。要是没能保持好，你就会从中量级变成重量级，到时候你会吃不消的。"

"明白。"

"不要低估了体育馆的友谊赛，不论是专业的还是业余的冠军，都会出现在那种体育馆里的。"

"好的，我走了。"

"比赛前不要把自己逼得太紧，这么冷的天气，要是受伤就完了。"

我离开了体育馆。我看着前面远去的人的背影，教练是个先做后说的人，可今天他却没做什么，只是话变得更多了。我看到他那副样子，肩膀也跟着垂了下来。

Chapter 14

找不到了，黄莺

　　今年的冬天热得反常。郑允荷因为游击失败，错过了那天的比赛。那一天爸爸登记成了舞蹈学院的校长，那一天民九叔叔也回到了家里。也是在那一天，我的妈妈辞去了餐厅的工作，因为餐厅老板不让她去看自己儿子的比赛。那一天也是我人生中第一次正式参加比赛的日子。

　　那天，我在第一轮就以一个T.K.O.输掉了比赛，馆长也离开了。他在我家屋顶上留下了一些旧的健身器材，也在我的人生中留下了两次T.K.O.的失败。作为一个男人，我向你保证。我也将在我的对手身上留下两次T.K.O.的失败，到时候就去寻找搬去远方的馆长。

"喂，喂，秒表已经被按下了。到了正负对决的时刻了。你们已经上高二了对吧？要是想努力，就提前从小学知识开始学习吧。不对，还是应该从幼儿园开始吧？当然就算是从现在就开始早早学习，你们能上的大学也早就已经定下来了。"

屎洙遵守了自己的承诺，他现在依旧是我和赫洙的高二班主任。他甚至还设法让郑允荷也加入了我们班，要不是他当初气势汹汹地跑去留下了郑允荷，现在又会怎么样呢？

"最近是晚自习的特别管理时期。万得！我已经得到了你父亲的舞蹈真传，你不要因为嫉妒我就在那边晃来晃去的，还是努力去训练吧。"

啊，屎洙真是的，我到底是造了多少孽才会遇到他这个人啊。

屎洙走出了教室。

"喂，你爸爸最近又去卡巴莱里和人跳舞了吗？"

"你又想手指骨折吗？"

都上高二了，赫洙还是一副白痴的样子。

"郑允荷她，我还以为她会因为被孤立就转学呢，没想到她倒是挺过来了。"

就是这个原因。这就是为什么，那些学生一旦被孤立之后，就会永远成为被孤立的对象。其实什么都不用做，只要安静地做好自己就行了。如果你执意要像过去一样，那么同样的事情就会不停地重演。又不是小学生，大家现在都已经是高中生了……我抬脚做了一个中踢腿。

"该死的家伙……你会被停学的。"

赫洙就那样倒了下去。

我提着包走出了教室。

还有……但凡有眼力见儿的人早就该看出来了。

"喂，你这个没礼貌的家伙。我早就说过了，你要是想逃晚自习，也得等到我从走廊里消失了才行。小子，这次又来了很多东西，跟我来。"

没错，是屎洙。我们就像是时针和分针一样，即使渐行渐远，最后也还是会拼命见面的。就像是我们一定会在造物主设定好的地方相遇一样。这一年多来，你追我赶、转来转去地相遇，就像是有人不停地在我们的身后拧着发条。如果有命运，那么我就是分针，屎洙则是时针……不过那家伙的时针好像是坏掉了！要是我能够逃走就好了。

嗡嗡。

我忙碌的经纪人发来了信息——到体育馆后给我发信息。

最近我和世赫一起在城北洞体育馆做最基础的训练。秀宗因为城北洞体育馆太远而放弃了自由搏击。总之，与高中组冠军打过训练赛，又参加过体育馆友谊赛的我，和初二的世赫并排站在一起，让我感到非常尴尬。

"哥，要是咱们今天练得好的话，明天就要开始做俯卧撑了吧？"

"我知道。"

"你们就不能安静吗？这老头怎么把个想要当流氓的家伙丢在我这里就走了。"

新馆长砰的一声踢开了身后的沙袋，接着走向其他学员所在的地方。

"哥，这里真的要接收我们吗？"

拜托，下个月开始这里千万不要再接收我为学员了。

"馆长，现在不论什么牛和狗你都接收了吗？"

从上次来参加升段审核的时候开始，我就看这里不顺眼了。

"狗或是牛？万得和康浩，你们俩穿好衣服到拳击台上来。"

高一的朴江浩，你今天死定了。

"哥，干掉他，加油！"

我在世赫的加油声中爬上了拳击台。

"开始。"

砰砰！砰！砰！

10、9、8、7、6、5、4、3、2、1 T.K.O. 朴康浩胜！对方先发制人，一记360度的上段回旋踢，真是个漂亮的踢腿动作。我感觉自己的颈椎好像断了。热身赛还会采用面部攻击吗？这不是犯规吗？师父……看来我去洪川看你的时间又要增加了。T.K.O.胜场数增加到了三次。但我一定会去的，请等等我。

"我真是，还以为你的能力已经够了呢，哼。"

新馆长背着手进了办公室。

"哥，你没事吧？哥！"

世赫爬上了拳击场。

"我们是不是进不了这里了？"

"安静点，小子……真丢人。"

我把毛巾像围巾一样勒在脖子上，慢慢地走下了拳击台。

"陶万得！你的经纪人好像是生气了，一直在发信息，你来确认一下！"

啊，郑允荷那个……

"我是狗和牛的经纪人。"

朴康浩你这个小菜鸡。因为你是一年级我才放过你，只要我热好身，你就死定了。

"为什么要翻别人的包？"

教练把手机递给我。

"像虫子一样一直在那里嗡嗡地叫，我还以为有什么急事呢。"

我走到更衣室的角落里确认了信息。

"到了吗？"

"你在哪里？不在体育馆吧？"

"为什么不回信息？"

"那边在哪里？"

几乎每隔五分钟就收到一条信息。

"有热身赛。"

信息发出去没几分钟，我就收到了郑允荷发来的回信。

"赢了吗？"

"当然了。"

"不会是T.K.O.吧？"

"OK！"

"祝贺祝贺！"

"你不是要考大学吗，怎么不学习？"

"别管我了，我会自己看着办的。"

"我要去运动了。"

"待会儿再给你发信息。"

我把手机的电池拔掉了……重新放回包里。女人和手机，真是荒唐的存在。

顶楼晾满了洗好的衣服。看样子是妈妈来过了。妈妈从之前上班的餐厅辞职了，现在在附近的餐厅里工作，而且显得十分自豪。饭店这种地方很难招到人，妈妈走后之前餐厅的老板一定会很头疼。我之前就说过，她其实是个很有个性的人。新的餐厅一个月可以休息四次，老板是个虔诚的基督教徒，所以每周都让大家休息一次。可能是这个原因，妈妈现在……经常来家里。现在竖立着"神舞"招牌的培训中心休息处代替了过去的十字架，成了我经常去的地方。不过比起休息场所，我更关心的是那个目前还没有多少学生的培训中心。

"有很多女人吗？"

"大部分都是女人。"

"好吧……"

妈妈最近开始化妆了，人也比初次见的时候更漂亮了。

父亲负责跳舞的理论指导，叔叔负责实践教学。而屎洙呢，就负责和女实习生聊天。我就负责做一些杂事，作为杂事的一环，今天要去街上发传单。培训中心需要生源，所以屎洙制作了两百张传单。去报社之前，我要先把传单藏在厕所里，把报纸拿出来后再来拿回去。这都是屎洙的主意，听说我反正都要去发报纸，就不用再花钱请人发传单了。

"你想成为舞蹈之神吗？这里有一所舞蹈之神的学校。恰恰舞，吉特巴舞，牛仔舞，迪斯科，你想成为哪种舞的舞神！"

看看这传单的内容。从给培训中心起名的时候开始，我就了解到了屎洙的实力。我将传单夹在报纸中发了出去。把他们塞进一些不常看报纸的人家里。我很希望培训

中心的学生数量增加，前楼的大叔说他今天要带一些学员
过去……

　　清晨的微风已经变得很暖和。我站在屋顶的边缘，俯
视着这个满是十字架的街区。屎洙的教堂现在不再挂着红
色的十字架，而是挂着一个红色的舞蹈培训中心的招牌。
在培训中心屎洙让我叫他实习生。他让我先告诉他自己内
心的想法，然后威胁我说，如果我把他是投资人的事情说
出去，他就对我下手。可他嘴上这么对我说，自己却又总
往培训中心跑。他是怕爸爸独吞辅导费才跑过来监视的
吗？我听说屎洙的爸爸有很多钱，真是有其父必有其子，
呸呸。不过……我现在有点怀念那个假冒教堂的房子了。

　　哈——这个街区的房子真是密密麻麻的。是我躲避世
界的完美街区，我也不知道自己为什么想要躲起来。事实
上，我已经躲得太久了，甚至开始害怕了起来。但我仍旧
记得自己要躲起来，所以就那样一直躲避着。是屎洙找到
了那样的我。甚至有时候我还没来得及躲起来，"那个，
陶万得！"他就已经喊了起来。大概是对捉迷藏产生了兴
趣，他甚至半夜三更都在找我。可屎洙他确实充满了纯
真……等他找到我之后，就轮到他自己躲起来了。当我再
一次躲起来时，他还是会按时来找我。真好，躲起来被发

现了，现在就轮到我当"鬼"了。但即便如此，我也不想勉强自己去寻找，不管什么时候，只要我找累了，就想要大喊"找不到了，黄莺"，然后就这样虚度一天。我认为没什么了不起的人生，只要把平凡的日子过好就可以了。现在的我们，不必那么伟大和了不起，小日子加起来就成了大日子。

把那些平凡、踏实、充实的日子串起来，成为一条美丽的人生项链。

顺便说一下，我有一个被藏起来的T.K.O.胜利，我需要快点把它找出来，但是怎么现在……哎哟。

"找不到了，黄莺！"

我大声喊道，声音大到足以划破清晨的空气，一直延伸到小河边，真是畅快。

"万得！万得，小子！黄莺要冻死了，把昨天的南瓜粥拿过来！扔给我一个！"

哎呀，屎洙。现在从凌晨开始……我现在还没有打算去找馆长。我突然开始喜欢上了街道办事处后面的十字架了。

（全文完）

作者寄语

　　小时候，我非常喜欢冰激凌，曾经幻想着把阿拉斯加冰山的一部分变成一座冰激凌山。我还梦想自己能够成为这个世界上最伟大的特务。那时的我戴着玩具对讲机挂在别人家的栅栏上，偷偷地拿着石榴，像丢手榴弹一样扔进我们家的厨房。正在做饭的妈妈，看到一个石榴向自己飞来，她惊讶地说：这就是所有故事的开始。

　　初中三年级的时候，我总是跑去奖忠体育馆看篮球比赛，尽管那时的我即将参加高中的入学考试，作为警告，妈妈又说出了那句话。当高中时代的我由于沉迷中国香港电影而宣称要去学习功夫的时候，母亲又用那句话来警告我。而且，她甚至说出"你没有梦想吗？"的话，来质疑我的梦想。我其实有很多的梦想，但那时的我并不知道自己真正的梦想是什么，以至于不停地在各种梦想之间徘徊。母亲也最终放弃了挣扎，除非她将我的头放在显微镜下观察，否则她也很难找到自己想要的答案。

　　我能肯定的是，那个动不动就将自己死死地锁在房间的女儿，让妈妈连喘气都不能安心。我想那时的妈妈一定十分伤心，而现在的我也感到了深深的愧疚与自责。或许《少年万得》这本书就是基于这种遗憾的情感而写出来的。其实我当时也确实是这么做的，我有这种感觉，我感到十分抱歉。可我并不后悔自己在学生时代所做的事情。最近妈妈她似乎对我有一些放心了，但出于某种原因，我总有一种不祥的预感，我感觉我可能要再一次听到"这孩子想干什么啊！"这句话。

　　在想念为《少年万得》颁发"创批青年文学奖"的元宗瓒、孔善玉、金妍秀、朴淑京老师的日子里，想要给比我更关心《少年万得》的创批出版社的李智英小姐送巧克力的日子里，在思念远方的黄善美老师的日子里，等待春天。

　　　　　　　　　　　　　　　　　　　　　　金吕玲